Pays d'eau et de soleil

Le Conseil des Arts du Canada depuis 1957 | The Canada Council for the Arts since 1957

La maison d'édition remercie le Conseil des Arts du Canada et le Conseil des Arts du Manitoba du soutien accordé dans le cadre des subventions globales aux éditeurs.

Photo de la couverture : Michel Grandmaison
Artiste graphiste : Howard Laxson

Données de catalogage avant publication (Canada)
Vedette principale au titre :

Pays d'eau et de soleil
ISBN 2-921353-55-5

1. Nouvelles canadiennes-françaises - Manitoba
2. Roman canadien-français - XXe siècle.

PS8329.5.M3P39 1999 C843'.0108054 C99-920020-8
PQ3917.M282P38 1999

Dépôt légal : 2e trimestre 1999
Bibliothèque nationale du Canada et Bibliothèque provinciale du Manitoba
Directeurs : Annette Saint-Pierre et Georges Damphousse

Collectif

Pays d'eau et de soleil

Les Éditions des Plaines
C.P. 123
Saint-Boniface (Manitoba)
R2H 3B4

GENEVIÈVE MONTCOMBROUX

Manitobaine d'adoption, Geneviève Montcombroux écrit pour adultes et pour enfants. Le ballet a toujours tenu une grande place dans sa vie et en 1976, elle a fondé à Saint-Boniface l'École de Danse Classique qui continue de prospérer sous la direction d'une ancienne élève. Elle se consacre maintenant, hormis l'écriture, à l'élevage de chiens de traîneau Inuit à partir de sa cabane au fond des bois au coeur de l'Entre-les-Lacs. Elle a bon nombre de publications à son actif tant en français qu'en anglais et collabore régulièrement à des magazines spécialisés. Toujours à l'avant-garde de la technologie, elle publie également électroniquement.

L'attente

Viendra-t-il ce soir? Danique appuie un front mélancolique à la fenêtre. Le vent d'automne fouette les feuilles jaunies et nargue la belle jeune femme dont les yeux d'ambre s'emplissent du vague de l'attente que connaissent les femmes de marin.

Son corps souple se redresse soudain. Un sourire rayonnant s'accroche sur ses lèvres charnues. Un bruit de moteur familier. Il est venu.

Dès son entrée, elle sait qu'il est préoccupé. Ce soir, le dîner attendra.

Il a fait l'amour avec une passion désespérée. Comme il aime la regarder, repue de plaisir, ses longs cheveux étalés en auréole cuivrée sur l'oreiller. Il ne peut plus tergiverser. Il faut qu'il le lui dise. Il a soudain besoin d'une cigarette mais il y a dix ans qu'il ne fume plus.

— Danique, ma chérie...

Elle ouvre les yeux essayant de masquer l'angoisse qui l'étreint. Et voilà qu'il ne peut plus parler. Comment lui dire qu'on l'a choisi pour les négociations au Moyen-Orient, que demain il va partir deux mois, peut-être plus. Danique a peur des voyages et de l'absence. Il n'ose pas lui dire. Et son divorce qui vient seulement de commencer.

— Tu sais que j'ai accepté d'assister aux séances réconciliation. Je... je pense que ce serait mieux si je ne venais pas te voir jusqu'à ce que le divorce soit prononcé, ment-il lâchement.

— Cela ne change rien, n'est-ce pas ?

Le léger tremblement de sa voix la trahit. Elle a peur. Peur de le perdre.

— Je t'aime plus que tout au monde, lui dit-il en caressant la peau satinée de son petit sein ferme.

— Il y a ta fille...

— Elle a seize ans et sait que tu existes pour moi. Elle voudrait te connaître.

— Je suis flattée. Mais ta femme ne va pas vouloir divorcer.

— Il n'y a pas d'amour entre nous.

C'est ce qu'ils disent tous, songe Danique. Ils font tous chambre à part. Puis ils s'en vont et restent mariés. Pourquoi son grand corps mince a-t-il autant d'emprise sur elle ? Elle ne raisonne plus lorsqu'il la tient dans ses bras.

— Quand tu l'as épousée, tu devais bien l'aimer ?

— Nous étions très jeunes et elle est tombée enceinte. J'ai fait la chose honorable en l'épousant. Les choses de l'amour ne l'intéressent pas. Il y a des années que je couche au sous-sol.

Jean-Yves se mord les lèvres. Il n'avait jamais essayé très fort de faire marcher son ménage. Il y avait eu Louise, Mariette, Blanche, Estelle et maintenant Danique. C'est différent avec Danique. Ce n'est pas seulement son bas-ventre qui se contracte de besoin mais aussi cette région mal définie que l'on appelle le coeur.

— Combien de temps vas-tu rester sans venir ? soupire-t-elle.

— À peu près deux mois, jusqu'à ce que mon avocat ait servi les papiers officiels. Et dès demain, il faut que j'aille au bureau du siège social de ma firme à Ottawa.

Ce n'était pas un mensonge. Ce qu'il s'abstenait de lui faire part était ce maudit voyage en Libye. Avant Danique, il recherchait ces voyages au Moyen-Orient. C'était aussi une excuse pour briser élégamment sa dernière romance.

— Je vais trouver le temps long.

— Tu ne seras pas la seule, crois-moi.

Elle le croit mais la peur insidieuse la tenaille, l'étouffe. Une absence de deux mois ou plus. Tant de choses peuvent se passer. Un homme peut changer d'idée. Oh bien sûr, il a demandé le divorce mais parfois devant la complication, un homme n'a plus le courage d'aller jusqu'au bout. Deux mois, Dieu que c'était long. Il était déjà parti en voyages d'affaires auparavant et toujours elle avait ressenti ces affres terrifiantes. La peur du vide.

Jean-Yves la caresse lentement. Bientôt la jouissance les entraîne dans un monde sans départ, sans divorce. L'ardeur du feu qui les consume corps et âme ne se lasse pas. Danique l'étreint dans un dernier élan de possession.

—Tu téléphoneras ?

— Quand je pourrai mais je dois me méfier, je suis sûr qu'il y a un détective sur mes traces.

— Quelle importance puisque tu divorces ?

— Je ne veux pas perdre mes droits de visite à ma fille. J'ai même demandé à en avoir la garde. C'est elle qui va choisir chez qui elle veut demeurer.

— Je comprends. Ta moralité doit être parfaite. Mais juste une fois ou deux, un petit coup de téléphone ? plaide-t-elle, les yeux noyés de larmes retenues.

— C'est promis, j'essaierai.

Le fumet des pommes à la cannelle s'infiltre jusque dans la chambre. Danique se lève. Leur dernier repas avant son départ. Une vague prémonition de danger l'assaille, l'enveloppe, lui donne envie de hurler « Ne pars pas ! ». Mais elle sait qu'elle ne dira rien et sourira vaillamment. Il n'aimerait pas qu'elle essaie de le retenir. Il n'aimerait pas qu'elle fasse une scène ou exprime ses craintes. Elle regarde la tête aux cheveux lisses et noirs penchée sur une esquisse qu'elle a tout juste terminée et l'amour monte en elle violent et jaloux. Le garder ici, l'enfermer avec elle dans la protection de sa tendresse.

Elle s'affaire dans la cuisine, fait monter la crème, ajoute du sucre fin. Jean-Yves adore la Chantilly sur les pommes à la cannelle. Lorsqu'il la rejoint, il lui lèche le bout des doigts éclaboussés de crème onctueuse. Pendant un long moment, regards liés, dîner oublié, la force de leur amour emplit la pièce, s'évade par la fenêtre pour crier au monde qu'il n'y a qu'eux. Eux deux. Des amants.

La nuit a noirci la ville. L'aurore boréale chasse les étoiles dans le ciel. Les feux rouges de sa voiture disparaissent au coin de la rue. Danique est seule et l'attente commence.

C'est dans la salle des professeurs de l'école secondaire où elle enseigne que Danique entend parler du dernier piratage d'avion. Les pirates de l'air ont forcé l'avion à atterrir sur le tassili des Ajjers dans le Sahara. Elle a de la compassion pour les pauvres gens pris dans la tourmente politique. Et pour ceux qui, chez eux, attendent anxieusement des nouvelles des leurs. En ce moment, elle est si sensible qu'elle est prête à pleurer en écoutant les nouvelles. Si seulement Jean-Yves lui téléphonait.

Voilà une semaine que les pirates de l'air détiennent les passagers du jumbo-jet. La ligne aérienne refuse de donner les noms à la presse afin de ne pas compromettre certaines personnalités et les négociations en cours. Et Jean-Yves qui ne téléphone toujours pas.

La bombe explose huit jours plus tard. Le journal tremble dans les mains de Danique devenue plus blanche qu'un linceul. Elle ne peut pas y croire. Ce n'est pas possible. Jean-Yves Brassard sur la liste des passagers. Jean-Yves qui n'est ni parmi les rescapés ni parmi les morts. Elle n'en peut plus d'attente et de douleur. Elle téléphone à son bureau.

Ils ont cru qu'elle était Madame Brassard. Ils étaient tellement gentils, puis ils lui ont fait jurer le secret. Il semble que les passagers manquants se soient échappés dans le désert.

— Le désert, il n'y a rien. Les gens meurent de soif !

— Non, Madame. Les montagnes du Hoggar offrent des abris. Jean-Yves connaît bien les conditions du pays. Le gouvernement algérien a envoyé des troupes. Il faut attendre.

Attendre. Attendre ! Elle ne fait que ça, attendre. Les troupes ont libéré les passagers restants. On croit maintenant que les autres ont été recapturés par les pirates. On les cache quelque part les otages.

Attendre des nouvelles. Et espérer. Le travail de Danique se ressent de sa nervosité mais elle n'a personne à qui confier sa détresse. Puis les jours passent et elle se résigne. Chaque jour, elle achète les journaux, écoute la radio et regarde la télévision. Rien.

Un jour, les émissions sont interrompues. Un otage va parler publiquement. Le coeur de Danique bat la chamade. Hautain et droit, Jean-Yves regarde résolument l'objectif. Il prononce le message que les rebelles ont écrit. Il ajoute quelque chose à la fin, quelque chose comme Chantilly mais les gardes se précipitent.

Danique est sûre qu'ils l'ont battu et elle souffre dans sa chair. En même temps, l'espoir naît dans son coeur. Il a dit Chantilly. La Chantilly qu'elle avait préparé pour leur dernier repas ensemble.

L'attente recommence. Au début le sort des otages faisait la une. Puis les journaux ont eu d'autres accidents sensationnels à mettre en première page. Les nouvelles ont été mises en fin d'émission. Le jour vient où personne n'en parle plus. Sauf ceux qui aiment et qui attendent se nourrissant d'un espoir insensé. L'hiver s'abat sur la ville endormie. Assez de neige pour les manchettes de la une. Les voitures bloquées font de la bonne télé. Le froid et le verglas donnent lieu à des conversations sans fin des animateurs radiophoniques dont les descriptions créatives relèvent de la littérature populaire. On est loin des otages du désert.

Dans une petite maison de la banlieue winnipégoise, Danique attend. Son amour crie en elle. Parfois, elle pense à lui si fort qu'elle sent sa présence. Elle est sûre que lui aussi entend son appel sur les ondes mystérieuses de l'amour. Si seulement elle pouvait partager son inquiétude avec une amie mais ils avaient gardé le secret de leur amour afin que le divorce se fît en douceur à cause de sa fille. Et elle ne veut pas prendre le risque de se révéler au cas où un reporter toujours à l'affût l'apprendrait.

Cette situation ne va pas durer éternellement. Le printemps fait fondre la neige et les hirondelles reviennent faire leurs nids sous les soliveaux. L'espoir gonfle l'âme de la jeune femme. Elle achète une robe de chambre pour le retour de son amant et range la vieille dans un placard. Puis des pantoufles viennent remplacer celles à la semelle usée qu'elle range également. Parfois, une équipe de reporters investigateurs agite les eaux troubles de la politique, exige de savoir ce qu'il advient des otages. Une brève bourrasque d'indignation vertueuse et tout retombe dans le calme de l'apathie.

Les chaleurs de l'été, les vacances au lac, la ville se désemplit mais toujours Danique attend. Son espoir gonfle démesurément. Maintenant « ils » vont faire quelque chose. Ces « ils » qui n'ont pas de nom ni de visage mais dont on a partout besoin, pour les négociations secrètes, pour régler les problèmes de la nation, pour vendre des armes aux rebelles.

L'été se meurt dans les jardins. Les oiseaux ont fui les parcs et la rivière. Le vent hurle et se démène. Au milieu des bourrasques, on se souvient des otages. On n'oublie jamais les anniversaires.

Danique a senti Jean-Yves si proche qu'elle a couru à la porte. Elle a crié dans le vent « Reviens ». Heureusement, les voisins ne l'ont pas entendue.

Enfin, un jour, la radio interrompt l'émission en cours. Les otages viennent d'être libérés. Danique rit et pleure. Elle sera bientôt dans ses bras. Ils oublieront ce cauchemar.

Chaque soir, elle prépare un dîner soigné avec des pommes à la cannelle et de la crème Chantilly. À minuit, elle l'emballe de plastique et le met au congélateur. Le téléphone n'a pas sonné. Elle attend. Pourtant elle sait que les otages doivent subir des examens médicaux et des interrogatoires avant de retourner dans leur famille. La jalousie la ronge. Ira-t-il directement chez sa femme ? Les familles des autres otages ont été interviewées en long et en large.

Perversement, Danique cherchait des photos dans les journaux, enregistrait toutes les émissions de télé et de radio où l'on parlait des otages. Il n'y avait rien eu sur sa famille à lui. Et s'il n'avait pas de femme ? Qu'il s'en soit inventé une afin de ne pas s'engager ? Il y avait des hommes qui butinaient de femme en femme sans vouloir s'unir pour la vie. « Pas lui », clame son être déchiré. Notre amour est fort et unique.

L'amour d'un couple est toujours unique. Ils croient être les seuls à s'aimer totalement, véritablement. Les autres ne connaissent pas ce sublime attachement qui fond les pensées et les corps en un seul être. Pourtant, il n'y a qu'à regarder le taux de divorce pour en être convaincu.

« Non, s'écrie Danique malgré elle. Il va venir. Notre amour triomphera de tous les obstacles. »

Il va falloir qu'elle se surveille. Cela fait plusieurs fois qu'elle parle toute seule.

Aujourd'hui, un malaise l'oppresse au creux de la poitrine. Tout son être est tendu vers le retour de son homme. C'est aujourd'hui. Elle en est sûre. Avec amour, elle sort sa plus belle nappe de dentelle et les chandeliers d'argent, les assiettes de Limoges et les verres de cristal. Une bouteille de Chablis repose dans son panier. Jean-Yves sera fatigué à son arrivée et Danique aura le geste des femmes fidèles. Elle pose les pantoufles à côté de la chaise qu'il occupe toujours et va à la cuisine préparer les pommes à la cannelle.

« Misère, je n'ai plus de crème fraîche ! »

L'épicerie n'est qu'à cinq minutes de chez elle mais l'inquiétude la ronge.

« S'il arrivait pendant que je suis sortie ? »

Dans sa fébrilité, elle parle à voix haute. Un instant

désorientée, elle se ressaisit et déchire une feuille de son aide-mémoire. Elle lisse la marge. Non, ce n'est pas assez beau. Fouillant dans son bureau, elle trouve un papier vélin sobre et élégant. Plié en deux, il tient droit comme un toit de maison. De sa plus belle plume elle écrit : « Chéri, attends. Je suis au magasin ». Elle se hâte. La joie lui met des étoiles dans les yeux et un sourire aux lèvres.

La voiture de location tourne doucement dans l'allée. Jean-Yves s'impatiente avec lui-même. Il est maladroit comme un jeune homme à son premier rendez-vous. Enfin, il s'extirpe de la voiture trop petite pour sa grande taille. Entre les rapports officiels aux autorités, ses employeurs et sa fille, il n'a pas eu le temps de téléphoner. D'ailleurs, Danique était à l'école toute la journée. Il va lui faire la surprise.

La main qui presse le bouton de la sonnette tremble mais le geste familier revient automatiquement. Un doigt traîne sur la moulure de la porte jusqu'à la poignée qu'il tourne. Fermée à clef. Décontenancé, il regarde la porte close. Ah, bien sûr, puisqu'il n'a pas téléphoné, Danique ne sait pas qu'il est libre. Les autorités ont gardé les otages à l'hôpital pour leur permettre de récupérer. Mais pas lui, il n'a pas voulu rester. Son désir de tenir sa bien-aimée dans ses bras a triomphé des médecins et de la bureaucratie. La clef est sans doute cachée à sa place habituelle, dans la fente du poteau de la véranda. La clef est là. Un sourire illumine son visage ravagé par les privations et la vie de prisonnier. La porte s'ouvre.

Pendant un instant, il est ébloui de bonheur par le spectacle accueillant, la lumière douce. Un foyer, son foyer. Son divorce a été finalisé pendant son absence. Il ferme les yeux un instant et savoure sa joie. Il a tant imaginé ce moment pendant les jours sombres de sa captivité. Lorsque les coups pleuvaient, il pensait aux mains douces de Danique. Lorsque ses geôliers lui tendaient une écuelle infâme, il pensait aux petits plats, à la crème Chantilly que Danique lui préparait. Lorsqu'il grelottait la nuit, il pensait au corps voluptueux de sa bien-aimée. Sa foi mystique en son amour le soutenait.

Lentement, il ouvre les yeux. Rien n'a changé dans le salon. Le sac d'école de Danique est sur le fauteuil. Un livre neuf en dépasse, *Future maman*. Il sourit. Ils ont parlé d'un enfant avant son départ.

La salle à manger fait partie du salon. Il s'approche de la table, remarque la chaise et les pantoufles. Puis il voit la note : « Chéri, attends. Je suis au magasin ».

Il regarde les pantoufles d'homme sous la chaise et la robe de chambre pour homme sur le sofa. Le sang se retire de son corps et il vacille. Ce ne sont pas ses pantoufles ni sa robe de chambre.

Il s'accroche à la chaise. Son regard se fixe avec horreur sur le livre. *Future maman*. Incapable de bouger, il regarde encore les pantoufles posées à côté de la chaise, la robe de chambre négligemment jetée sur le sofa.

Un autre homme...

Elle ne l'a pas attendu...

Titubant, il retrace ses pas jusqu'à la porte. Des larmes s'échappent alors qu'il fait démarrer la Toyota de location. Danique, sa Danique s'est crue abandonnée. Si seulement il lui avait dit la vérité avant de partir.

Elle aurait su qu'il était gardé en otage. Sans doute, elle l'avait appris par la presse. S'était-elle fâchée parce qu'il lui avait menti ? C'est pour cela qu'il avait pris le risque de crier Chantilly lorsque les rebelles l'avaient fait parler devant la caméra. Pour que Danique sache qu'il ne cessait pas de penser à elle. Peut-être avaient-ils réussi à couper ce petit mot qui aurait tant dit à son amante. Il n'avait jamais douté de la force de leur amour mais il n'était pas là pour le nourrir. L'amour doit être entretenu par les petits gestes d'affection de la vie quotidienne. Elle avait le droit de penser qu'il avait eu envie de la quitter. Elle soupçonnait sans doute qu'il y avait eu d'autres femmes dans sa vie. Elle ne pouvait pas savoir que seul son travail l'avait placé dans cet avion fatal.

Maintenant, cet homme qui laisse ses pantoufles et sa robe de chambre chez elle est entré dans sa vie, quelqu'un de fiable, pas comme lui, homme marié qui disparaît pendant un an. Elle a droit au bonheur. Il doit s'effacer. Le front appuyé sur le volant, il ne se décide pas. L'envie de la revoir le torture. Il lui expliquerait qu'il l'aime, qu'il n'a jamais aimé personne d'autre. Future maman, elle est heureuse sans doute. Il n'a pas le droit de venir jeter une ombre sur la vie qu'elle s'est choisie... avec un autre.

Un sanglot le secoue alors que les feux rouges de la voiture disparaissent au coin de la rue.

FRANÇOIS LENTZ

François Lentz, né en France, s'est établi au Canada en 1987. Marié à une Manitobaine, père de deux fils, il oeuvre dans le domaine de l'enseignement du français. Amateur de musique – il anime une émission à la radio communautaire de Winnipeg – , il a publié ici et là quelques nouvelles. Il espère pouvoir continuer à se livrer au plaisir de l'écriture fictionnelle.

L'antilope

Il roulait depuis longtemps sur cette route rectiligne dont l'horizon semblait constamment fuir devant lui. Il n'avait croisé aucun autre véhicule dans cette immensité depuis qu'il avait quitté, tôt ce matin-là, le village de Chopin. Un court instant, il repensa, avec un sourire distrait, aux notes de musique qui ornent les plaques des noms de rues de ce village perdu dans la plaine sans fin... Machinalement, il alluma la radio et se surprit de ne pas l'avoir fait plus tôt ; mais les sons qui en jaillirent disparurent presque immédiatement dans un crépitement inaudible. Dépité, il décida de s'arrêter, sortit de son véhicule et se mit à marcher : la chaleur était accablante, le ciel immaculé, l'espace démesuré ; tout autour de lui, à perte de vue, un infini tapis d'une herbe rase et brunâtre, coupé par la route qui semblait former une bande noirâtre et réfléchissante. Plus près de lui, de chaque côté de la route, des fils de fer barbelés, rectilignes, devaient marquer la limite de ranchs, déserts...

Ce paysage, quelque peu irréel, l'entraîna dans une sorte de rêverie mélancolique... Mais un bruit sur sa droite l'en extirpa rapidement : il tourna légèrement la tête et aperçut un cheval, noir et luisant, qui, venant semble-t-il de nulle part, galopait puissamment, sur les traverses d'une voie ferrée ! Cette vision fugitive lui parut étrange mais il n'eut pas le temps de s'y faire qu'elle avait déjà disparu : désormais, c'était une antilope qui s'offrait à sa vue ; elle gambadait, légère et seule dans cette immensité déserte ; en raison de la couleur de son pelage, elle semblait se fondre dans le paysage mais le noir de ses cornes et le blanc de petites taches qui parsemaient son arrière-train lui permettaient de suivre ses mouvements aériens. Au bout de quelques instants, il lui sembla cependant que l'animal effectuait ses bonds selon une sorte de chorégraphie qui lui était destinée : il eut l'impression que l'antilope l'invitait à la suivre. Et lorsque celle-ci s'approcha de la route, pour s'en éloigner très vite, pour y revenir immédiatement et s'en éloigner de nouveau, il s'engouffra, instinctivement, dans son véhicule. Dès lors, une sorte de course-poursuite s'engagea : cramponné à son volant, il ne quittait pas des yeux l'animal qui bondissait en zigzagant sur l'herbe brunâtre ; parfois, l'antilope franchissait la route en un bond prodigieux et reprenait sa course de l'autre côté. La poursuite dura sans doute une bonne demi-heure : l'animal traversait l'espace désert en une série de gambades nerveuses, sans manifester apparemment aucun signe de fatigue ; quant à lui, on aurait dit que tout son être était rivé sur cette mystérieuse antilope...

À un moment, l'animal ralentit brutalement son rythme et changea de direction : il semblait se diriger vers une forme noire qui se détachait à l'horizon. À son tour, il ralentit la vitesse de son véhicule et remarqua qu'une route de gravier s'offrait à sa droite ; sans hésiter, il l'emprunta afin de pouvoir continuer à suivre l'antilope. Celle-ci sautillait désormais à quelques mètres devant la voiture. La forme noire se précisait au fur et à mesure qu'il s'en approchait : c'était une vieille bicoque noirâtre, en bois, oubliée par le temps et l'espace. La route de gravier s'arrêtait devant la maison ; la présence de cette cabane abandonnée dans une immensité sans borne l'intriguait. Mais, poussé par une sorte d'appel, il sortit de son véhicule ; il se surprit de ne pas être fatigué après cette course folle et constata, presque sans en être étonné, que l'antilope avait disparu...

Il entra bientôt à l'intérieur de la bicoque, où régnait une paisible quiétude. Il passa rapidement d'une pièce à l'autre et nota que la cabane était étonnamment propre. Dans la dernière pièce, un vieux coffre attira son attention, d'autant plus que c'était le premier objet qu'il apercevait dans cette maison abandonnée. Instinctivement, il l'ouvrit : l'odeur caractéristique du bois de cèdre s'en échappa aussitôt. Il constata, avec surprise, que le coffre était rempli de piles de cahiers à anneaux, soigneusement rangés et même pas jaunis ; il remarqua également l'absence de poussière et, poussé une nouvelle fois par l'instinct, il saisit le premier de la pile la plus à gauche ; l'apparence externe du cahier lui parut étrangement familière et, lorsqu'il l'ouvrit avec émotion, à la première page, il n'en crut pas ses yeux : c'était sa propre écriture qu'il voyait, c'était son propre journal qu'il lisait, c'était le premier cahier d'une longue série où, pendant de très nombreuses années, il avait consigné notes, réflexions, commentaires, idées et textes divers !

Lorsqu'il commença à lire la toute première ligne, les mots lui vinrent spontanément sur les lèvres :

1er avril 1960

J'ai aujourd'hui 13 ans et je décide que je serai écrivain... Il faut avoir le courage de ses rêves... La vie est bien plus belle, inventée.

Le ton catégorique de cet énoncé d'adolescent le fit sourire mais, bientôt, l'émotion le saisit entièrement et il sentit des larmes glisser sur ses joues. Il ne put cependant s'empêcher de poursuivre sa lecture : avec avidité, il se mit à relire ses écrits, emporté par un irrépressible besoin de revivre, par sa propre écriture, son passé. Mais le hasard ayant empilé les cahiers dans un ordre non chronologique et lui les saisissant frénétiquement dans l'ordre dans lequel ils se présentaient, c'est par bribes fragmentaires qu'il revécut sa propre vie. Au fil des pages, il visionnait un film ponctué de retours en arrière et d'anticipations, il réassemblait les morceaux d'un puzzle...

Assis par terre, adossé à la paroi du coffre, il lut les récits de ses nombreux voyages, d'une précision extrême mais d'où se dégageait une profonde mélancolie, des commentaires d'une fulgurante lucidité, relatifs aux rencontres inattendues que procure la vie, des notes, parfois banales parfois acerbes, sur des événements personnels ou non, des remarques, souvent généreuses, sur les circonstances ou les vicissitudes de l'existence. Il lut aussi les quelques textes fictionnels, dans leurs différentes versions, qu'il avait publiés, les notes des conférences et des cours qu'il avait donnés ici et là ; il retrouva même le texte de la seule chanson qu'il avait jamais écrite ; il lut enfin les innombrables passages qui se présentaient comme des explorations de sa « dimension émotionnelle » comme il l'écrivait lui-même à plusieurs reprises : ces explorations laissaient entrevoir une profonde solitude, comme si sa vie avait été vécue, intensément certes, mais comme une quête, jamais satisfaite, de quelque chose ou de quelqu'un... Très souvent, aux écrits qu'il lisait s'associaient, en un puissant écho, des images et des sensations venues du fond de sa mémoire...

Il lut ainsi, sans arrêt, durant des heures. Lorsque la nuit tombante l'empêcha de continuer, il était émotionnellement épuisé. Il se releva lentement et sortit de la maison : dehors, l'immensité du lieu s'était doublée d'un impressionnant silence ; les dernières teintes orangées du coucher de soleil s'effaçaient à l'horizon ; les premières étoiles commençaient à scintiller. C'est alors seulement que, l'émotion s'estompant, il se demanda comment ses cahiers, qui s'étaient égarés ou perdus lors des nombreux déménagements qui avaient jalonné sa vie, avaient abouti dans une bicoque perdue au milieu de nulle part.

Mais il n'eut guère le temps de s'interroger davantage : un sifflement strident déchira l'espace vide : un train arrivait à grande vitesse, sur sa gauche ; un phare, d'un blanc incandescent, placé au centre du devant du train, donnait l'impression que celui-ci était pourvu d'un oeil énorme ; le jet de lumière qui en émanait illuminait les rails. Instinctivement, il suivit la lumière vers sa droite et remarqua, ébahi, une silhouette qui se déplaçait sur les traverses dans l'autre sens, en direction du train ; il s'efforça d'en préciser les contours et resta bientôt bouche bée : c'était un cheval, noir et luisant, qui galopait puissamment sur les traverses de la voie ferrée ! Il s'immobilisa, figé au milieu des deux rails, entre l'animal et le bolide...

La sonnerie du téléphone le fit sursauter ; il saisit machinalement l'appareil qui était placé par terre à ses côtés et répondit à l'appel : c'était un faux numéro. C'est alors qu'il se rendit compte qu'il avait dû s'assoupir quelques instants plus tôt. Un livre était en effet ouvert sur son giron ; sur la page de gauche, le texte d'une nouvelle de Bradbury qu'il devait être en train de lire, intitulée *Le Dragon,* et qui met en scène un train ; sur celle de droite, la reproduction d'une peinture intitulée *Horse and Train* attira son regard : dans une lumière crépusculaire, l'illustration représente, dans un premier plan qui en occupe presque la moitié, un cheval, noir et luisant, qui galope puissamment sur les traverses d'une voie ferrée ; de l'autre côté de l'image, à l'autre extrémité d'une sorte de diagonale tracée par les rails, un train, dont le devant est marqué, comme une tache, par un phare blanc, se dirige vers l'animal...

Il détacha bientôt son regard de l'illustration, saisit le livre et se leva. Il se dirigea lentement vers la porte patio qui lui faisait face et sortit sur la terrasse. La nuit était chaude. Il respira profondément et laissa son regard vagabonder sur les formes des arbres et des arbustes qui jouxtaient la cour arrière. Il aimait cette maison qu'il louait chaque été depuis quelques années, pour sa remarquable quiétude. Un peu à l'écart du village, elle était entourée de verdure ; un peu plus loin, une petite nappe d'eau, peu profonde, attirait souvent des animaux ; au-delà de celle-ci, l'immense béance de la plaine.

Soudain, un léger bruit lui fit tourner la tête vers la droite : il crut apercevoir, entre les bosquets d'arbustes, la silhouette d'une antilope...

ROSEMARIE BISSONNETTE

Rosemarie Bissonnette est issue d'une famille à l'esprit d'aventure. En effet, ses grands-parents firent preuve de courage en venant s'établir dans l'Ouest canadien dès 1876. Après un stage à CKSB, le poste de radio française à Saint-Boniface, elle entreprit une carrière à titre de fonctionnaire du gouvernement dans les ministères suivants : Douanes Canada, Agriculture, Conseil du Trésor et Transport Canada. Ensuite, elle devint chef de cabinet du lieutenant-gouverneur de la province du Manitoba. Depuis, elle s'adonne aux voyages, à la lecture et à la peinture, sans oublier de cultiver son jardin.

Les fiançailles

Elle était arrivée au printemps et nous étions maintenant à l'automne. À cause de la santé précaire de ma mère, tout indiquait qu'elle resterait encore quelque temps avec nous. Sa présence plaisait énormément à toute la famille car ses talents culinaires, son travail assidu et sa joie rayonnante rendaient notre vie très agréable. Il n'y avait sûrement pas de « fille engagère » dans toute la région pour égaler Cécile.

Âgée de dix-huit ans seulement, celle qui arrivait du village voisin devenait le point de mire de notre petit patelin.

Je l'aimais beaucoup et, depuis son arrivée, je ne cessais de la suivre partout. À ses nombreuses qualités, il fallait ajouter la patience, vu la bonne grâce avec laquelle elle tolérait mon assiduité à ses côtés.

Du haut de mes sept ans, je la considérais comme la plus jolie personne de mon petit monde. Son rituel de maquillage me fascinait : ma mère ne se barbouillait pas de cette façon-là. Cécile mettait beaucoup de temps à se faire belle lorsqu'elle sortait. Non seulement elle se maquillait mais elle lavait chaque fois ses cheveux qu'elle coiffait avec beaucoup d'habileté. Au moins une fois par semaine, elle passait sa chevelure blonde à l'eau oxygénée. Une chose que je n'avais jamais vue !

Son visage au teint frais était illuminé par de grands yeux pers brillants où dansait la bonne humeur. Son petit nez retroussé lui donnait un air de gamine. De plus, elle avait une taille parfaite, un atout dont la coquette était fort consciente ; en effet, elle savait la mettre en valeur en accentuant sa sveltesse par des toilettes choisies à cet effet.

L'aînée d'une famille de neuf enfants, elle était habituée à besogner ferme. Lorsque sa plus jeune soeur avait été en âge de la remplacer à la maison, Cécile avait été libre de partir pour aller gagner un salaire. Toutefois, tel que convenu avec ses parents, elle leur remettait une partie de ses gages. La Grande Dépression plongeait alors bien des familles dans la gêne.

Depuis quelques jours, nous nous apercevions que Cécile était plus joyeuse qu'à l'accoutumée. Au lieu de se contenter de fredonner ses airs favoris en vaquant aux soins du ménage, elle chantait du matin au soir. C'est moi qui découvris son secret.

Un dimanche, à la sortie de la messe où je

l'accompagnais, j'ai eu la clef de sa source de gaieté. Sur le perron de l'église, là où les paroissiens s'attardaient toujours pour se saluer et surtout pour entendre les dernières nouvelles, un beau grand jeune homme s'était approché de Cécile.

Il se nommait Robert Boisvert. Je le connaissais bien car il habitait une grande ferme à quelques kilomètres du village. En souriant, il lança une taquinerie qui amusa beaucoup notre servante. Moi, je n'y compris absolument rien. Ensuite, ils échangèrent des propos sans intérêt selon moi : température trop humide, récoltes achevées récemment, soirée de cartes la semaine suivante et patati et patata.

Complètement ignorée des deux adultes, je les laissai à leurs potins et rentrai seule à la maison, quelque peu froissée de leur indifférence à mon égard. J'eus ma petite revanche au dîner. Je devins immédiatement le centre d'intérêt de la famille, lorsque j'annonçai sans crier gare :

— Cécile a un cavalier !

La pauvre fille rougit jusqu'à la racine des cheveux. Confuse, elle essaya de me faire taire mais je n'attendis pas qu'on me demande le nom du cavalier pour lancer d'un ton triomphant :

— C'est Robert Boisvert !

— Oh ! C'est un beau gars celui-là. Mais n'est-il pas un peu vieux pour toi ? demanda ma mère à Cécile qui s'était levée pour reprendre contenance.

Sur la défensive, elle répondit d'un air résolu :

— Mais non, il n'est pas vieux du tout. C'est un bon gars. Tout le monde le dit dans la paroisse. C'est ça qui compte.

— Bien sûr que c'est un bon gars... mais n'a-t-il pas la réputation d'être un peu Don Juan.

Comme Cécile ne trouvait rien à dire, je voulus en savoir plus long :

— C'est quoi un Don Juan ?

Cette fois, mon père prit la parole :

— Bon, c'est assez. Si Cécile trouve Robert à son goût, je ne vois pas en quoi ce serait de nos affaires.

Ainsi commença l'idylle de notre belle fille engagère. Éperdument amoureuse, elle chantait plus fort et se réfugiait de plus en plus souvent dans ses rêves.

Cécile s'acheta une robe neuve et changea son style de coiffure. Chaque fois qu'elle en avait l'occasion, elle nous parlait des projets de Robert, des idées de Robert, de l'humour de Robert, des allées et venues de Robert. En d'autres mots, Robert était devenu le centre de sa vie.

Robert venait souvent à la maison après sa journée de travail ; il amenait Cécile faire une promenade ou patiner aussitôt l'hiver arrivé.

❖ ❖ ❖

Noël approchait.

Un jour que Cécile avait congé et s'était rendue à la ville voisine, elle en revint si joyeuse que son comportement m'intrigua. Je faisais mes devoirs installée à la table de la salle à manger et ma mère se berçait en tricotant quand elle nous annonça qu'elle avait quelque chose à nous montrer.

Ma mère laissa tomber son tricot, et moi, mon crayon. Cécile avait une grande nouvelle...

— J'ai acheté mon cadeau de Noël pour Robert.

Les yeux de Cécile brillaient avec tant de vivacité que ma mère sourit avec indulgence. Quant à moi, ma curiosité débordait. Je me levai et courus vers elle. Cécile sortit une petite boîte de son sac à main et la déposa délicatement sur la paume de sa main pour nous la faire mieux voir.

— Devinez.

Une si petite boîte...

— Cela vient de la bijouterie, dit maman.

— Oui, vous avez deviné juste.

— Une montre en or ! m'exclamai-je.

Cécile se mit à rire.

— Non, ce n'est pas une montre en or mais je sais que Robert aimerait bien en avoir une.

— Des boutons de manchettes ? suggéra ma mère.

— Non plus.

— Vite, Cécile, ouvre la boîte. Je ne peux pas attendre plus longtemps. Je ne tenais plus en place, mais Cécile avait aussi hâte que moi. Cela se lisait dans ses yeux et ses doigts qui caressaient la boîte...

Avec précaution et en mordant sa lèvre inférieure, elle ouvrit enfin la boîte mystérieuse. Dans un nid de velours bleu foncé, une bague d'homme reposait. C'était un grand onyx carré serti d'or sur lequel était gravées les initiales R.B.. Le bijou avait dû coûter à Cécile la plus grande partie de ses économies. L'admiration me coupait le souffle. Ma mère, elle, ne disait rien.

— Vous ne l'aimez pas ? demanda Cécile.

— Oui, oui. Elle est belle ! dis-je en extase devant un si beau bijou.

— Bien sûr, elle est très belle... trop belle même. Mais n'est-ce pas un cadeau un peu trop cher, ma petite ? demanda maman.

Cécile hésita un instant.

— Non. Elle était à un prix raisonnable. Et je peux faire les cadeaux que je veux, répondit-elle un peu blessée.

— Bien sûr, mais un si beau cadeau à un ami, ce n'est pas de mise. Si c'était ton fiancé, ce serait différent, ajouta maman d'un ton plus doux.

Cécile rougit et annonça :

— Hé bien, justement, autant vous le dire tout de suite. Je suis certaine que Robert va me donner une bague de fiançailles ; alors j'ai pensé que ce serait une bonne idée de lui en offrir une à mon tour.

Ma mère ne put cacher sa surprise.

— C'est vrai ? Robert t'a demandée en mariage ?

— Bien... Pas officiellement encore... Il ne l'a pas dit exactement mais je sais qu'il va le faire. Il n'est pas toujours nécessaire de le dire... on peut le deviner vous savez...

— Hé bien, si tu es certaine... Pour la taquiner, ma mère ajouta : Que vas-tu faire de tes autres amoureux ? Il va y avoir des coeurs brisés !

Cécile retrouva tout à coup sa bonne humeur et éclata de rire.

— Ils savent depuis longtemps que Robert est mon favori.

Ma mère qui en savait peut-être plus long qu'elle ne le laissait paraître prit un ton enjoué pour insinuer :

— Je croyais que Robert sortait aussi avec Marie-Paule Langevin. Il l'a laissée tomber ? Tu n'as plus de rivale ?

La figure de Cécile se figea et ses lèvres se crispèrent.

— Marie-Paule... Robert ne sort pas avec elle. C'est elle qui court après lui depuis des années.

— Comme ça, tu auras ta bague de fiançailles à Noël. Je suis contente pour toi. Et Robert sera content de recevoir la tienne. Vous faites un beau couple, ajouta maman d'un ton sincère.

Tout heureuse, Cécile alla ranger la précieuse boîte après m'avoir fait promettre de ne le dire à personne, surtout pas à Robert.

Noël était dans l'air.

Ma mère dont la santé s'améliorait de jour en jour aidait Cécile à confectionner des tourtières, des beignes, des biscuits et d'autres plats traditionnels.

Pendant le temps des fêtes, personne n'avait besoin de me recommander de revenir à la maison après l'école au lieu d'aller flâner à la patinoire : j'étais si anxieuse de retrouver la cuisine et ses odeurs alléchantes, surtout les échantillons que maman et Cécile mettaient de côté pour moi et mes deux petits frères.

Cécile parlait d'aller visiter ses parents la veille de Noël et de revenir chez nous après le jour de l'An. Tout à coup, je me rappelai la bague qu'elle avait achetée pour Robert et, inquiète, je lui fis remarquer qu'elle ne pourrait pas la donner à Robert le jour de Noël puisqu'elle n'allait pas être là.

— Ne t'inquiète pas, ma petite. C'est déjà tout arrangé. Il va venir me chercher pour me conduire au train après-demain et nous allons échanger nos bagues juste avant mon départ.

— Mais après-demain ce sera seulement la veille de Noël. C'est trop vite. Les cadeaux c'est pour le jour de Noël, dis-je entêtée.

— Tu as raison. Aussi, nous allons attendre le jour de Noël pour les ouvrir.

— Ah !... et après ça tu seras fiancée ?

— Oui. Je serai fiancée à Robert Boisvert.

En prononçant le nom de son amoureux, elle poussa un long soupir de contentement et m'ébouriffa les cheveux en riant.

Le lendemain soir, nous finissions de laver la vaisselle lorsqu'on frappa à la porte. Nous fûmes surpris de voir entrer Robert que Cécile n'attendait pas du tout. Elle laissa vite son travail et s'empressa de lui offrir une chaise et de lui servir une tasse de café.

— Quelle belle surprise ! Je ne pensais pas te voir avant demain, dit-elle.

— Moi non plus, je ne m'attendais pas à venir aujourd'hui mais j'ai été obligé de changer mes plans.

— Changer tes plans ?

Robert était mal à l'aise. Il jeta un regard de notre côté. Ma mère comprit qu'il voulait un tête-à-tête avec Cécile et elle nous emmena vite au salon.

Curieuse, je prêtai l'oreille mais je n'entendis que le murmure de la voix grave de Robert. J'avais beau prêter toute mon attention à leur conversation, je ne comprenais pas un seul mot. Finalement, nous entendîmes des *Bye Bye* et la porte de la cuisine se referma sur le visiteur. En silence, nous guettions le retour de Cécile qui allait être très déçue.

Mais non, elle entra dans le salon toute souriante. Tout de suite, j'aperçus dans sa main une petite boîte enveloppée de papier de soie rouge et attachée par un ruban de satin blanc.

— Robert doit aller aider son oncle. C'est pour ça qu'il a dû repartir tout de suite.

Et nous faisant voir la petite boîte qu'elle venait de recevoir, elle ajouta triomphante :

— C'est mon cadeau de Robert.

Cécile alla la déposer avec précaution sur le dessus de la cheminée, près du sapin de Noël scintillant de mille décorations. On aurait pu entendre tomber un flocon de neige tellement ce simple geste nous tenait en haleine.

— Je lui ai donné mon cadeau, dit simplement Cécile.

— Vous ne les avez pas ouverts ensemble ? demanda ma mère.

— Il a dit qu'il n'avait pas le temps. Son père l'attendait dehors pour le conduire à Morris.

Ma mère avait l'air perplexe. Devinait-elle quelque chose ? Quant à moi, j'étais rongée par la curiosité. J'aurais voulu voir la bague de fiançailles tout de suite. J'imaginais un anneau en or avec un gros diamant au milieu. De tous les cadeaux de Noël, aucun n'était aussi excitant que celui de Cécile de la part de son amoureux.

Sans prêter attention à nos mines déconfites, Cécile se dirigea vers la cuisine en chantonnant.

Le lendemain, elle fit le ménage de la maison avec grande diligence et aida à mettre la table du réveillon. Je la surveillais de près. De temps à autre, elle allait prendre la petite boîte rouge pour la regarder attentivement, la secouer près de son oreille et la remettre à sa place. Sa tâche terminée, elle prépara sa valise, lava et coiffa sa magnifique chevelure et revêtit une toilette toute neuve. Un grand jour l'attendait. La petite boîte fut la dernière chose à ranger parmi ses effets à apporter, comme si elle voulait la garder à portée de sa vue le plus longtemps possible.

Comme mon père avait promis de la conduire au train, l'heure du souper fut devancée. Au dessert, Cécile annonça soudainement :

— Moi, je ne suis plus capable d'attendre ! J'ouvre mon cadeau tout de suite. Je veux vous montrer ma bague et la porter pour aller chez nous.

Il y eut un concert d'exclamations et je frappai des mains. Cécile se leva de table, alla chercher la boîte et revint vers nous souriante et rougissante à la fois. Comme elle était belle et comme elle était heureuse !

Jamais, je n'oublierai ce moment solennel. Elle enleva le papier de ses longs doigts délicats et exhiba sous nos yeux un joli écrin en velours blanc. La surprise s'annonçait bien.

Lentement, elle souleva le couvercle. Pendant ces minutes interminables, j'étais tendue comme un ressort. L'événement dont nous avions tant parlé était aussi important que la venue du Messie ce soir-là.

Les yeux rivés sur la merveille, Cécile demeura figée sans dire un mot. Le moment s'allongeait. Je ne tenais plus en place. Incapable d'attendre plus longtemps, je fis le tour de la table en courant pour aller voir la bague de fiançailles.

En apercevant un carré en métal doré avec des petites perles au centre, je m'écriai avec le tact de mes sept ans :

— Qu'est-ce que c'est ça ? Ce n'est pas une bague !

Lentement, très lentement, Cécile déposa l'écrin sur la table. Le silence était tendu, presque douloureux.

— Oh quelle belle épinglette ! Elle ira très bien avec ta robe de ce soir, dit vivement ma mère pour mettre fin au silence qui glaçait tout le monde. Et, entrant dans le jeu, mon père qui habituellement parlait peu ajouta :

— Il est extravagant ton cavalier...

Cécile serrait toujours les lèvres. Elle faisait tellement pitié que j'aurais voulu la prendre par le cou et la serrer très fort.

Ma mère me fit signe de retourner à ma place. Je ne bougeai pas d'un pouce car je ne pouvais me résigner à abandonner Cécile à sa peine. Hélas ! les gros yeux de ma mère parlaient avec tellement d'éloquence que j'obéis.

Cécile se leva rapidement et monta l'escalier à la course pour se rendre à sa chambre et en fermer la porte. Ses lourds sanglots parvenaient jusqu'à nous. Notre repas se termina en silence.

❖ ❖ ❖

Au retour de Cécile, le lendemain du jour de l'An, son chagrin nous enveloppa de nouveau. La fille au sourire perpétuel et au rire contagieux avait cédé la place à une fille beaucoup plus sage.

Elle annonça qu'elle ne verrait plus Robert. Ma mère protesta et lui recommanda de ne pas prendre de décision à la hâte, de laisser le temps agir. Mais Cécile avait eu sa leçon.

— Que j'ai donc été folle de croire que Robert m'aimait, lui dit-elle. Saviez-vous qu'il a donné le même cadeau à Marie-Paule Langevin ?

MARIE JACK

Marie Jack, Franco-Manitobaine d'adoption, est née en Tchécoslovaquie. Avant de travailler à l'Alliance française du Manitoba, Marie Jack a enseigné dans différentes écoles et universités. Elle a poursuivi ses recherches dans la littérature française de l'entre-deux-guerres et la littérature franco-canadienne de l'Ouest canadien. Mais avant tout, elle s'intéresse à la création littéraire. Depuis la publication de Tant que le fleuve coule, *elle prépare un second recueil de récits poétiques.*

Retour au pays du soleil

Ce soir, je voyagerai au Manitoba, je serai logée dans un hôtel inconnu. Éprouvant un calme rare, je rêve d'une soirée et d'une nuit passées dans un hôtel confortable, de préférence à tapisseries d'un bleu profond rayé d'or. Je m'y endormirai tôt et je m'y lèverai tôt aussi. Le matin, je boirai lentement mon café en me reposant de toute ma vie. « Anna K. », aurais-je indiqué ce soir-là sur ma fiche à la réception. Et je songerai peut-être, comme cela m'arrive lors de certains voyages, à mon arrière-grand-mère Anna-Maria K., simple paysanne aux boucles blondes et aux joues brûlées par le soleil. Moi qui ai le teint transparent et les cheveux d'un brun foncé aux reflets acajou, je songerai, Anna-Maria, à notre ressemblance qu'aucune photo ne confirme : le regard volontaire et le sourire patient.

Je pressens qu'au Manitoba, ce pays de soleil que j'imagine paisible, ma lointaine ancêtre se dressera, un jour, devant moi dans un songe simple et étonnant.

Je n'ai pas du tout le sentiment de faire un voyage dont le but serait une entrevue professionnelle laquelle pourrait, bien sûr, changer ma vie. Le calme qui m'envahit de toutes parts m'inquiète presque et je me replonge dans le texte de ma conférence.

À huit heures du soir, j'entre dans un énorme hôtel de Winnipeg. À peine ai-je remarqué les jolies roses roses de la tapisserie. La paix que j'ai ressentie tout au long du voyage ne m'a pas quittée : telle une immense nappe lumineuse, elle semble maintenant tout recouvrir. C'est comme si j'étais déjà arrivée à destination. Même si ma destination, Brandon, ne sera atteinte que demain.

L'entrevue, la plus longue entrevue de ma vie, s'est très bien passée. Toujours dans ce calme dont je ne cesse de m'étonner. Une vieille dame, professeur de l'Université de Brandon, me dit : « Vous êtes une personne qui semble rayonner le calme ». Si je lui disais que la paix me vient souvent de l'extérieur ou alors de très loin, comme d'une autre vie ? Moi-même, j'en suis un peu étonnée. Ici et maintenant, cette autre vie et l'extérieur s'entremêlent : serait-ce parce que beaucoup de Manitobains viennent de pays slaves, voisins de ma Tchécoslovaquie natale ? Ou est-ce simplement l'effet du paysage, une vaste plaine baignée de soleil, comme je n'en ai jamais vu ?

Quoi qu'il en soit, je pense qu'il y a déjà un peu

de nous-mêmes dans le jamais vu qui, l'espace d'un instant, délivre notre coeur.

On m'a offert le poste de professeur à la fin de la troisième journée de mon entrevue, une heure à peine après ma conférence.

Ainsi, le Manitoba entrait dans ma vie.

Je suis sortie de l'immeuble beige aux balcons et aux portes d'un brun rougeâtre. « Ici, je suis chez moi », me suis-je répété un peu étonnée. Un chemin clair, longé d'une clôture basse en bois ocre semblait murmurer : « Viens, suis-moi ». Et je l'ai suivi, longuement, vers le lointain horizon. J'ai rencontré des gens qui m'ont parlé du soleil, et du ciel clair, des roses embaumant leur jardin et des récoltes prochaines. Peut-être comme moi étaient-ils issus d'un pays et d'une famille accablés par l'histoire. Personne ne m'a demandé d'où je venais ni ce que je faisais dans la vie. Merci de cette indifférence, merci du moins pour aujourd'hui. Grâce à elle, je peux marcher sans cesse, légère dans l'air lumineux.

Ma promenade a abouti à un grand centre commercial. À l'entrée, j'ai remarqué une rangée de magnifiques bicyclettes neuves, rutilant sous le soleil. J'en ai choisi une rouge, et je l'ai conduite à l'intérieur du magasin : « Voici ma nouvelle bicyclette, je voudrais la payer ». Comme dans un songe, je l'ai payée et elle était mienne. J'ai fait de la bicyclette jusqu'à la maison, comme je n'en avais pas fait depuis si longtemps déjà ; depuis mon enfance au lointain pays natal.

Et c'était comme si j'avais signé un pacte avec le Manitoba.

❖ ❖ ❖

Je ne m'y trompais pas : j'aime ce pays. J'aime marcher jusqu'à l'épuisement sous un ciel immense et clair. J'aime rouler à bicyclette pendant des kilomètres dans des paysages inconnus, avec la sensation enivrante de toucher légèrement à l'infini.

J'aime mes étudiants dont certains disent être les premiers à faire des études universitaires. J'aime leur simplicité, leur modestie. J'ai réellement l'impression de façonner moi aussi leur destin.

J'aime mes amis de l'église qui ont su me trouver lors de ma longue maladie quand j'ai préféré me replier sur moi-même. Et qui m'ont apporté des fleurs blanches, d'innombrables fleurs blanches au regard serein.

J'aime le sentiment de sécurité qui m'accompagne partout, même dans les gares et à l'aéroport. Je l'accepte comme un don précieux.

Et pourtant, je quitterai la province pour un amour qui, lors d'une visite à Toronto, m'avait fait signe, comme si je l'attendais depuis de longues années.

J'y pense sans cesse, et sans cesse j'éprouve des craintes.

Mais aborde-t-on sans crainte son destin ?

Elles sont venues me faire leurs adieux. Quelques amies de l'église : Vicki, Nicole, Julia et la Polonaise Stella.

— Bonne chance et beaucoup de bonheur, me dit la blonde Stella aux joues brûlées par le soleil. Tu nous manqueras beaucoup... Le Manitoba, c'est ton chez-toi... un de tes chez-toi sûrement... Souviens-t'en où que tu ailles, ma petite Anne.

Rien n'a plus bouleversé ma vie que mon amour pour K.. Cet amour qui m'a fait passer par toute la gamme des sentiments. J'émergeais toujours de ces sentiments, souriante, et très souvent, étrangement vivifiée. Autant dire que j'avais été invincible... jusqu'au jour où K. est décédé, subitement, comme on quitte sans prévenir sa ville et ses paisibles habitudes, comme on quitte les êtres aimants, en infligeant une blessure mortelle à l'amour, leur raison d'être.

Je n'oublierai jamais cet après-midi noyé de silence que je cherchais à fuir pendant une heure dans le petit supermarché familier, et cette interminable attente, interrompue enfin par l'appel de la police à cinq heures et demie. On m'a appris que K. venait d'avoir un malheureux accident et qu'il était mort.

J'ai oublié de leur demander si K. avait fait des excès de vitesse, comme il en avait pris, assez récemment, l'habitude.

À six heures et demie, le neveu de K. est venu me parler, me calmer de sa sagesse naïve d'adolescent. Et me faire du café pour une nuit sans sommeil.

Pendant très longtemps, j'ai marché comme dans un rêve. J'ai marché et marché, parce qu'il le fallait.

J'ai réellement compris le désespoir. Mais en marchant sans cesse, j'ai fini par apercevoir la ligne d'horizon, séparant le désespoir de l'espoir.

J'aime me promener le long des terrains vagues ou des paysages d'entrepôts et d'usines. Cette promenade est réservée au samedi après-midi où, habillée de vieux vêtements, je me dirige vers l'autobus qui m'amènera à Our Daily Bread, une banque de denrées alimentaires. J'y travaille pendant plusieurs heures comme bénévole, à la grande surprise de mes collègues qui, à ma place, accorderaient ce précieux temps aux amis, au sport ou tout bonnement au repos, *surtout après une épreuve comme celle que tu viens de vivre...*

Coupant à travers la longue file de clients en attente devant Our Daily Bread, je pense aux paroles d'un personnage d'une pièce de théâtre d'Oscar Wilde : « Mon Dieu, donnez-moi notre espoir quotidien ! ».

Moi, je n'ose pas demander à Dieu une telle grâce, car je devrais L'en remercier déjà. Elle se dissimule sous le regard des paysages en apparence désolés ou dans le mouvement rapide des bras agiles qui, à la banque de denrées alimentaires, déballent, trient, emballent et transportent la nourriture, encore et toujours la nourriture, vers l'ailleurs d'une autre faim.

Le soir, brisée de fatigue, je réussis enfin à ne plus penser. Quelquefois, le ciel lumineux du Manitoba franchit la barrière des paupières fermées et berce des ébauches de rêves encore vivants.

❖ ❖ ❖

Ce monsieur, je l'ai déjà vu. Il était venu à l'enterrement de K.. Il avait connu ce dernier : ils étaient compatriotes et communiquaient pendant les premières années de leur séjour au Canada.

Tout récemment, je l'ai aperçu ici, à la U.S. Army Surplus, un des mes magasins préférés.

Peut-être m'a-t-il remarquée lui aussi. Mais mon attention était alors absorbée par trois enfants aux cheveux roux, ébouriffés, enfants visiblement mécontents des nombreux achats de leur mère. À sa place, je ne leur aurais rien acheté.

Irritée, j'avais acheté vingt tablettes de chocolat pour Our Daily Bread.

Il me regarde, fait un effort pour me reconnaître.

— Bonjour, Madame. Ce n'était pas vous qui achetiez du chocolat, enfin, beaucoup de chocolat la semaine dernière ?

— Oui. Quelle curieuse idée, n'est-ce pas ? Comme si je ne pouvais pas en acheter au supermarché.

— C'était pour vos enfants ?

— Non, Monsieur, c'était pour la banque de denrées alimentaires. J'aime beaucoup faire mes achats ici.

Il ne semble y trouver rien d'étrange. Nous nous présentons à nouveau l'un à l'autre. Puis nous parlons du temps et de nos courses dans le quartier, jusqu'à ce que notre conversation dévie vers K.. J'ai peur de la prolonger. Aussi, je regarde ma montre : il est temps d'aller à Our Daily Bread. Ce monsieur m'y conduira.

Nous traversons un paysage bleuâtre de terrains vagues. Je lui parle de mes promenades du samedi. Il me regarde avec une attention accrue. Et après une longue pause, il me dit presque timidement que des endroits déserts sont dangereux, surtout à Toronto.

Désormais, nous les traversons ensemble, en voiture. Et je sais que cet homme dont la vie a été brisée, y trouve, sans aucun doute possible, un curieux plaisir.

Il y aura toujours en moi un peu de nostalgie des terrains vagues : peut-être est-ce parce que notre vie est perpétuellement en chantier.

Quel dommage de l'avoir découvert si tard dans ma vie !

Cependant, j'en suis sortie des terrains vagues. Nous en sommes sortis mon nouvel ami et moi. Comme nous sommes sortis de Toronto et de ses environs.

Le changement souhaité s'est enfin produit. Et nous nous sommes retrouvés seuls sous le ciel merveilleusement bleu du Nouveau-Brunswick dont le pittoresque paysage me rappelait sans cesse le pays natal. Pendant l'été modérément chaud, semblable à celui de mon enfance, je marchais tous les jours à l'université. Je traversais un pré où scintillaient de nombreuses fleurs de champs recouvertes de rosée, telles des marguerites, des campanules et des grandes consoudes, ces humbles fleurs qui couvrent mille endroits du globe, mais qui me ramènent, tout particulièrement, vers ma lointaine enfance.

Comme dans mes rêves antérieurs, nous faisions d'innombrables promenades, A. et moi. Que nous ayons parlé beaucoup ou peu, cette marche incessante était le long dialogue dont j'avais rêvé.

Malheureusement, le séjour au Nouveau-Brunswick devait se terminer. Alors, mon pays natal nous a presque attirés vers lui. Devant l'offre très concrète d'y rentrer et d'y enseigner, j'ai été saisie d'une crainte quelconque : peut-être était-ce la crainte de ne plus le retrouver comme autrefois, ou comme ici, dans ce pays que nous avons investi pendant deux années de nos rêves.

Pendant des semaines, nous marchions comme dans le vide. Nous ne nous aventurions plus très loin. C'est alors que les paysages du Manitoba sont revenus me hanter.

Un jour de l'interminable attente, on m'a appelée du Manitoba pour m'offrir un poste d'enseignement. Je m'étais préparée à cette éventualité. Aussi ai-je accepté sans hésitation.

De nouveau, la paix descend sur moi, alors que nous nous approchons, dans un camion de déménagement, de l'immense plaine, sous la pluie battante. Me voici enfin. Je sais que dans cette province, je toucherai à l'autre rive de ma vie. Comment la vivrai-je ? Comment la vivrons-nous ?

Je sais qu'il y aura des lieux et des moments pour tout. Il y aura plusieurs petits lieux et plusieurs petits moments dont la totalité m'apportera la guérison.

Et nous voici, toi et moi, « Ne cherche plus l'autrefois », me murmure la province paisible, « regarde, moi, j'ai beaucoup changé ».

En effet, tout semble avoir pris un visage neuf : l'avenue Portage avec ses nombreux magasins du vaste centre commercial Place Portage qui, malgré ses huit années d'existence m'apparaît flambant neuf, l'aéroport de Winnipeg où je ne retrouve plus mes magasins de souvenirs favoris — mais pour qui achèterais-je désormais des souvenirs ? — et de nombreux autres restaurants et magasins dont je ne reconnais plus que le nom.

Tout me prend au dépourvu, ce qui n'est pas désagréable.

Il y a cependant, au centre-ville, le terminus d'autobus où, comme autrefois, je peux me mêler à la foule des autochtones et, comme autrefois, boire un café amer. C'est là que l'ancien désarroi se résorbe.

C'est dans ce lieu fort peu accueillant, où le grondement des autobus affirme le perpétuel mouvement de la vie, que je remercie ce pays de me permettre d'être ce que je suis.

Nous roulons dans la direction de Brandon, sous le doux soleil d'octobre. La lumière tamisée recouvre les champs moissonnés. La paix de l'automne est en moi : c'est une paix profonde. Peut-être jaillit-elle de l'immensité, d'une immensité bien connue, et pourtant revêtue d'une nouvelle teinte de douceur.

J'aurais voulu rendre visite à Stella. Mais j'ai appris, à mon retour au Manitoba, qu'elle venait de déménager avec sa famille à Regina où son mari avait accepté un poste dans une banque.

Ainsi, nous allons chez Nicole, cette amie timide et discrète, que je connais finalement très mal. Elle a une passion des plantes d'intérieur auxquelles elle réserve deux pièces vides de son appartement. Elle nous montre avec enthousiasme sa superbe collection, ce qui me permet de reprendre mon souffle et d'accepter calmement mon retour dans la ville de Brandon. Puis, m'ayant donné brièvement des nouvelles de tous nos amis, elle nous demande des nouvelles de notre déménagement. Et elle nous sert du café, pendant que le soleil allonge ses rayons pour caresser une nappe blanche comme neige et nos deux tasses blanches et brûlantes. Je sais que demain, avec Nicole, je reverrai les lieux familiers et que je serai un peu triste. Mais le présent, c'est le soleil qui est venu me chercher. C'est la présence de A., sensible aux seules beautés de ce pays. C'est l'heureuse insouciance de Nicole qui me dit : « Veux-tu qu'on téléphone à Stella ? » J'ai un peu le trac : quelles questions me posera-t-elle, Stella, à sa manière si directe. Aussi, pendant que Nicole compose son numéro, j'imagine sa maison à Regina inondée du même soleil que le nôtre.

Mais Stella n'est pas chez elle. Nicole en est déçue, et moi, pour l'instant, l'invisible Stella se dresse entre nous et m'approuve de toute sa présence calme et lumineuse d'être revenue au Manitoba.

RAYMOND LEMOINE

Raymond Lemoine est manitobain d'origine. Diplômé du Collège universitaire de Saint-Boniface, il déménage à Vancouver, où il entreprend une carrière dans l'enseignement. Peu après, deux stages dans les écoles européennes du ministère de la Défense nationale lui permettent de marier sa grande passion du voyage à celle de sa profession. Il séjourne respectivement pendant trois ans en Allemagne et en Belgique.

Depuis son retour dans sa province d'adoption, accompagné de son épouse et de ses deux enfants, Raymond Lemoine assume la direction d'une nouvelle école du Conseil scolaire francophone de la Colombie-Britannique.

Cantatrice à l'Opéra de New York

Cette grande dame du boulevard Provencher nous imposait la plus haute estime sans même sans rendre compte. Nous la voyons peu souvent et c'est pourquoi, lorsque nous étions invités à participer à la tournée du « troc des oeufs », notre audience auprès d'elle constituait le point culminant de notre journée à Winnipeg.

Dès notre arrivée devant l'immeuble d'appartements où logeait Grand-mère, nous avions droit à l'habituel prélude de notre père. Il nous rappelait que Grand-mère avait quatre-vingt-un ans et qu'à cet âge, les personnes étaient plus sensibles au froid, au bruit et aux enfants. Ensuite, mon père entrait le premier afin de s'assurer que Grand-mère était disposée à nous recevoir en groupe. Il faut dire cependant, qu'aucune de nos visites n'ait jamais été annulée ou même abrégée en raison de la fatigue de cette vieille dame. En dépit de son âge avancé, elle bénéficiait encore d'une bonne santé, à l'exception de ses jambes légèrement perclues de rhumatismes, et d'une pensée vive qui lui permettait de se tenir au diapason de notre vivacité d'esprit.

Le grand escalier qui conduisait à l'appartement de Grand-mère était couvert d'un tapis rouge vin, usé au centre ; sur les bords subsistaient encore les couleurs criardes de jaune et de vert de son motif floral. Mon souvenir de cet affreux tapis est le résultat de l'inéluctable commentaire de mon père durant notre montée. Il le trouvait beau ce tapis et promettait à ma mère qu'un jour il en poserait un semblable chez nous. Moi, je n'avais pas les mêmes goûts que mon père ; selon mes canons de la beauté, il était très laid. Toutefois, il assourdissait notre ascension toujours précipitée car l'escalier étroit ne faisait qu'amplifier la résonnance des petits pieds de quatre gamins pressés de voir leur Grand-mère.

Ma tante Bibiane, soeur de mon père, nous recevait toujours au haut de l'escalier. Ce saint Pierre aux portes du royaume répétait, mot pour mot, l'avertissement que nous venions tout juste d'entendre ; ensuite, après cette seconde mise en garde, nous étions invités à pénétrer dans le vestibule de l'appartement de Grand-mère.

C'est à partir de ce moment, qu'aujourd'hui, mon évocation de cette visite devient le plus onirique ; elle se transforme en images vues à travers une lentille sépia dans un film au ralenti.

Le tapis de l'escalier laissait la place à un plancher de bois franc, toujours bien poli, sans la moindre poussière ou égratignure. La propreté de ces simples planches était la preuve du perfectionnisme de Grand-mère et du labeur de tante Bibiane. Le parquet allait porter l'empreinte de tous nos déplacements car aucune autre semelle ne prenait contact avec ce véritable plateau de glace. C'était quasi impossible, selon ma Grand-mère, de garder un plancher propre et reluisant. Elle avait mille fois raison. Chez nous, de simples linoléums faciles d'entretien couvraient les planchers. Du beau bois franc comme celui des planchers de Grand-mère on en trouvait seulement dans les demeures où les résidants pouvaient se le payer. Et bien que notre mère ne nous l'ait jamais dit, nous savions que notre famille ne faisait pas partie de la catégorie de gens propres.

Les odeurs de soupe aux tomates et de boules antimites qui nous chatouillaient les narines nous rassuraient : c'était bien chez Grand-mère que nous venions de mettre les pieds. Une quiétude douillette imprégnait ce modeste logis. Le silence et le calme y régnaient. De temps en temps, les sifflements intermittents des calorifères interrompaient les tic tac hypnotiseurs de la grande horloge, reine du couloir. Notre seul rappel du monde extérieur était le ronronnement voilé du boulevard Provencher où les véhicules circulaient continuellement.

L'entrée dans l'appartement de Grand-mère donnait sur un grand corridor, le genre de corridor qui, d'après mon père, ne se faisait plus. Grand-mère habitait donc un des plus vieux immeubles d'appartements de Saint-Boniface. Le plafond haut accentuait l'étendue des murs ; ceux-ci recouverts d'un papier peint fané arborait des dessins abstraits lesquels, à ce que l'on disait, étaient beaux à l'époque.

Glissant les pieds afin de ne pas tomber sur la patinoire de chêne, la délégation familiale se dirigeait vers le salon. Le trajet entre la porte et le salon me paraissait toujours très long. Nous n'osions pas encore parler, ni même chuchoter. C'était un temps solennel, un temps de réflexion personnelle avant d'arriver au bout du couloir... au salon de Grand-mère... dans les bras de Grand-mère.

Grand-mère était toujours assise dans son fauteuil de velours vert, un énorme fauteuil qui ne faisait qu'accentuer la vulnérabilité de son occupante. Cependant, de cette fragile petite femme encadrée d'une multitude de bibelots étalés un peu partout, émanait une grande sagesse. Ceux et celles qui avaient la chance de la côtoyer en faisaient souvent l'éloge.

Grand-mère avait succombé à l'arthrite, conséquence malheureuse d'hivers manitobains trop rigoureux. Aussi, elle ne marchait plus beaucoup, et lorsqu'elle quittait son fauteuil, c'était avec l'aide de ma tante ou de sa précieuse canne. C'est ce qu'on nous disait, nous les enfants, car nous ne l'avions jamais vue debout, encore moins à faire quelques pas.

À la vue de ses petits-enfants, un large sourire apparaissait sur sa figure fripée. Comme une fleur en train d'éclore, elle nous tendait les bras. Nous nous précipitions vers elle pour nous blottir à l'endroit le plus rassurant du monde entier. Sa main délicate effleurait tour à tour nos petits visages. Nous étions comme des petites chattes en chaleur qui ne se rassasiaient pas de ses caresses. Pour elle, cependant, c'était plutôt l'assurance que nous étions bien là, le plus près d'elle que possible. Son odeur familière nous rassurait aussi, une odeur à elle toute seule que je n'arriverais jamais à décrire.

Ses premiers mots étaient toujours les mêmes :

— Bonjour, les enfants. Commentaire suivi par l'inévitable remarque : Comme vous avez grandi depuis la dernière fois !

Mais le rituel d'accueil était vite interrompu par les niaiseries de ma petite soeur. Malgré la surdité de Grand-mère, la benjamine insistait pour la renseigner sur les dernières nouvelles de son petit monde insignifiant. Rien n'y échappait ; de la dernière dent de lait réclamée par la fée des dents jusqu'au pauvre insecte qui, embouteillé pendant trois jours sous le lit de nos parents, avait cédé à la mort. Cette véritable machine à radotage ne s'arrêtait plus sous le sourire encourageant de Grand-mère. Un bombardement d'actualités vides d'intérêt et de bon sens selon les plus grands...

Ma tante Bibiane gérait la vie de Grand-mère. En fait, elle s'était donné le rôle de metteur en scène pour le quatrième acte de la vie de l'aïeule. C'est ainsi qu'elle assumait le rôle de chronométreur de nos visites, jusqu'à ce qu'elle jugeât que l'excitation provoquée par notre manifestation affective sapait l'énergie de sa vieille mère. C'est alors que nous passions à l'étape suivante de la visite.

Nous devions nous asseoir en face de Grand-mère, sur le canapé de même style que son monstrueux fauteuil. Ma mère prenait place à nos côtés en s'assoyant sur l'accoudoir du canapé. Durant cette deuxième partie de notre visite, nous devenions plus spectateurs que participants. Nous regardions Grand-mère et Grand-mère nous regardait. Pendant ce temps, ma tante et mon père, les deux installés de chaque côté du salon, les coudes posés sur les genoux et les doigts entrecroisés, s'échangeaient les dernières nouvelles de la famille. C'était comme écouter la radio.

Quoique mon attention aimait se concentrer sur le visage de Grand-mère, il m'arrivait parfois de me brancher au réseau d'informations familiales. Tout y passait. C'était un bulletin de nouvelles en règle sur les va-et-vient de notre tribu : tel oncle avait dit telle chose et telle tante était affligée de quelque nouvelle maladie ; tel champ avait été ensemencé et non pas tel autre ; tel paroissien avait voté pour les conservateurs et tel autre pour les libéraux.

Contrairement à ce que nous avions subi de la part de ma soeurette, les nouvelles des adultes étaient de véritables actualités. Hélas ! à cause de son infirmité auditive, Grand-mère demeurait aussi indifférente à ces reportages qu'au flash d'informations de ma jeune soeur. Les commentaires de mon père et de ma tante étaient occasionnellement parsemés de ses réflexions faites à haute voix et hors contexte car elles traitaient plutôt de nous, du fait que nous avions grandi ou du fait que les hivers étaient toujours de plus en plus froids avec les années. À chacune de ses réflexions, ma mère toujours si délicate et si polie, répondait :

— Oui, c'est vrai qu'ils ont grandi.

— Oui, c'est vrai qu'il fait encore plus froid cette année.

Mon père et ma tante, profondément engagés dans leur discussion, du quasi commérage, ignoraient complètement les tentatives de conversation de ma pauvre Grand-mère. Et c'est ainsi que nos visites se transformaient en un véritable *happening* à double registre.

Nous, les enfants, étions bien impressionnés par toute cette affaire.

C'était tout de même dommage de ne pouvoir causer davantage avec Grand-mère. Elle qui était si savante, qui avait vécu si longtemps — elle pouvait même se vanter d'être aussi vieille que le pays — et qui ne demandait pas mieux que de partager avec nous toutes ses connaissances acquises au cours d'une vie pleine et mouvementée.

Nous savions tout cela car c'était clairement écrit dans ses yeux, de petits yeux un peu voilés par des lunettes mais encore porteurs d'une lueur chaleureuse. Nous avions vu dans l'album de notre père les photos d'une jeune femme grande et svelte, avec le sourire contagieux de notre Grand-mère. Notre père nous avait souvent parlé d'elle, de la vision qu'il en avait quand il était petit. Il se souvenait d'une mère tendre, affectueuse et plutôt câline, adroite et intelligente. Mais ce qui, selon lui, dominait chez elle, c'était le feu qui incarnait la flamme de la vie, l'ardeur d'une personnalité faite d'un mélange de volonté, de douceur et d'audace. En fait, les yeux de Grand-mère étaient toujours témoins de cette inébranlable amour de la vie.

La surdité de cette grande dame devait agir comme passeur à la frontière de nos deux générations si étrangères, un passeur qui nous interdisait de visiter le riche pays de merveilles qu'habitait Grand-mère. Nous voulions tellement l'entendre raconter sa vie dans ses propres mots. Elle avait tout un recueil de son riche vécu entreposé quelque part.

Nous savions qu'elle avait refusé un contrat pour chanter à l'Opéra de New York. Était-ce possible ? Tombée amoureuse, ma Grand-mère avait décidé d'épouser mon grand-père et était allée s'établir avec lui dans une ferme d'un petit village manitobain, au milieu de nulle part au bout du monde. Par la suite, elle avait eu la douleur de voir son mari affligé de dégénérescence, une maladie à laquelle, plus tard, on allait donner le nom de cancer. Cette femme n'avait jamais eu de regrets, seulement des souvenirs de ce qui avait été et de ce qui aurait pu être. C'était si triste.

Nous étions convaincus que ma tante et Grand-mère communiquaient par télépathie car, à un moment précis durant la visite, le sommet entre mon père et ma tante trouvait le point final ; au même instant, Grand-Mère faisait signe de la main. C'était le temps de distribuer des *paparmannes*. Cette communion à la menthe représentait un tiraillement paradoxal pour nous, les enfants. Il y avait, bien sûr, le délice de la pastille venant de Grand-mère mais, en même temps, le signe précurseur que notre visite tirait à sa fin.

Il ne restait plus que les longues caresses du départ après lesquelles ma tante nous accompagnait alors que nous sucions une pastille plus délicieuse que n'importe quel autre bonbon au monde.

HENRI BERGERON

Henri Bergeron a été le premier annonceur du premier poste de langue française au Manitoba, ainsi que le premier animateur de télévision au Canada. On lui doit Un bavard se tait pour écrire, Le coeur de l'arbre, l'Amazone, *ainsi qu'un livre sur la communication. Père de cinq enfants et de neuf petits-enfants, ce grand communicateur est aussi un conteur né qui s'intéresse tout particulièrement à l'écriture depuis quelques années, en plus de se dévouer à des causes humanitaires et culturelles.*

Je n'en dis pas plus

Gaston Ruel s'était marié sur le tard comme on disait dans mon entourage. À trente-sept ans, en bon gestionnaire financier qu'il était devenu, il avait choisi sa dernière conquête : une jeune femme de vingt-six ans pour en faire la mère de ses nombreux enfants. C'était là un placement sûr, car il avait l'ambition d'avoir une famille d'au moins cinq enfants qui ferait l'orgueil de sa maman vieillissante dont il était le fils unique. Celle-ci l'avait supplié pendant des années de mettre fin à sa vie de libertin et de se consacrer sérieusement à la recherche de la perle rare qui lui apporterait le vrai bonheur.

C'était d'ailleurs cela son malheur : l'idée d'une

perle rare. Comme sa mère était d'une bonté exceptionnelle, il se représentait une femme à son image pour donner à ses enfants une maman qui serait à la fois maternelle, bonne cuisinière et attentive à tous leurs besoins de formation physique et intellectuelle, formation dont il avait lui-même tant profité.

Malgré la disparition de son mari, alors que Gaston n'avait que quinze ans, Nathalie Gaucher-Ruel s'était rudement bien débrouillée pour permettre à son fils de poursuivre des études qui l'avaient conduit sur les traces de son père jusqu'aux plus hautes sphères du monde financier. Sa profession d'infirmière et sa volonté de consacrer sa vie entière au bien-être de son fils en avait fait, aux yeux de Gaston, la femme modèle dont il s'était inspiré. Ce qui l'amènera à un mariage tardif.

Hélas ! après quatre années de mariage, rien ne laissait croire à Gaston Ruel qu'il pourrait atteindre son objectif. Pendant ce temps, sa mère, ayant dépassé le cap de la soixantaine, se désolait de ne pas avoir de petits-enfants.

Un jour, la jeune épouse de Gaston, âgée de trente ans, souffrant de malaises depuis plusieurs semaines, entre d'urgence à l'hôpital et meurt sur la table d'opération. Le coeur avait flanché et tous les efforts de réanimation de l'équipe médicale avaient été inutiles. Une tumeur maligne au cerveau n'ayant pas été diagnostiquée assez tôt, l'opération qui représentait un ultime effort pour lui sauver la vie s'était soldée par un échec.

Gaston était inconsolable. Ses collègues l'aidaient de leur mieux pour l'amener à reprendre ses esprits et ses affaires. Malheureusement, le choc avait été si brutal que deux jours après les funérailles, sur les conseils de son ami médecin, il avait dû être hospitalisé. Après quelque temps, celui-ci lui conseilla de rentrer chez lui, en prenant à son service une infirmière qui se chargerait de lui prodiguer les soins nécessaires. Ainsi, il serait rapidement remis sur pied. Toujours aussi généreuse, sa mère lui avait proposé d'aller lui tenir compagnie mais Gaston avait refusé. Il préférait la solitude et le recueillement que lui procurerait sa demeure pour vivre pleinement son deuil et se préparer à reprendre ses multiples activités.

Le jour de sa sortie de l'hôpital, Gaston demande un taxi. En arrivant devant sa maison, il paie le chauffeur qui s'empare aussitôt de sa valise et l'accompagne jusqu'à la porte d'entrée avec beaucoup de délicatesse. En le remerciant, le convalescent plonge la main dans sa poche pour y prendre ses clés. Il ne les trouve pas. Où sont-elles ? Quelqu'un les aura-t-il prises pour le devancer chez lui ?

Oui, je me rappelle maintenant. C'est le docteur Gérard qui me les a demandées. Mais pour quelle raison ?

Il sonne. La porte s'ouvre sur une jeune femme tout de blanc vêtue. Une véritable apparition...

— Bonjour, Monsieur Ruel. Soyez le bienvenu chez vous !

— Ah! Je vois, c'est mon ami Gérard qui vous a déjà installée chez moi. Vous êtes l'infirmière dont il m'a parlé. Madame...

— Estelle Servant. Allons, entrez, je vous prie.

Empoignant la petite valise de l'arrivant, elle la dépose près de l'escalier et s'enquiert aussitôt de sa santé :

— Comment vous sentez-vous, Monsieur Ruel ?

Un peu nerveux, il suspend son manteau dans la penderie et se retourne vers son hôtesse.

— Mieux qu'hier et doublement mieux qu'avant-hier. C'est un signe que je prends du mieux. Ce malaise qui m'a terrassé est arrivé si vite. Je suis tombé des nues littéralement. Heureusement que mon ami Gérard...

— Oui, je sais, il vous a été d'un précieux secours. Je travaille à ses côtés depuis plusieurs années et je me rends auprès de certains de ses patients qui ont besoin d'assistance à domicile. Est-ce que vous le connaissez depuis longtemps ?

— Depuis toujours ! Enfin, depuis mes années à l'Académie Provencher. Nous ne nous sommes jamais perdus de vue, même si nous n'avons pas suivi les mêmes sentiers. C'est un chic type. Sans lui, et sans ma mère, je ne sais trop ce que je deviendrais en ce moment.

Ces paroles résonnent dans le coeur de la jeune infirmière comme un appel au secours. L'homme a besoin d'elle aussi.

— Mais, cher Monsieur Ruel, je suis là pour vous aider à vous remettre afin que vous puissiez retourner au travail et reprendre votre vie active... Une vie comme avant... je veux dire...

— Oui, je comprends ce que vous voulez dire... Hélas ! ce ne sera jamais comme avant, car il y aura toujours dans ma vie une grande absence difficile à combler.

La jeune femme avait rougi.

— Je monte votre valise à votre chambre ?

— Très bien ! Je vais faire le tour de la maison et, ensuite, monter m'étendre sur mon lit. Je suis si fatigué.

D'un pas lent, Gaston examine chaque pièce, s'arrêtant au moindre objet qui tombe sous son regard, comme pour faire l'inventaire des lieux, scruter la présence ou l'absence de celle qui venait de le quitter pour toujours. Devant la glace du corridor conduisant à la cuisine, son image le surprend. Il s'arrête et s'examine attentivement ; il a l'impression d'être un autre homme. Son visage a changé. Il a vieilli de dix ans. En si peu de temps. Ses yeux d'ordinaire si brillants de vivacité sont tristes, creux et cernés. Sera-t-il capable de sourire de nouveau ? Il en doute. Il esquisse un mouvement des lèvres mais c'est plutôt une grimace qu'il fait. Bouleversé, il entre dans le petit boudoir où il aperçoit la photo de sa femme. Cette vue l'attriste.

— Isa... belle, dit-il en balbutiant.

Des sanglots l'étreignent. Il se dirige vers la cuisine, se laisse choir sur une chaise, s'accoude à la table et met la tête dans ses mains.

En entendant les pas de l'infirmière dans l'escalier, Gaston se ressaisit. Il se lève, déterminé à ne pas laisser l'étrangère deviner l'angoisse qui le dévore. Puisqu'elle est là pour l'aider à supporter son épreuve, il doit montrer de la bonne volonté et prouver qu'il sera capable de s'en sortir.

À pas lents, il s'engage dans le corridor, les mains derrière le dos. Il va vers elle comme pour l'intercepter.

— Je n'en reviens pas ! Mon ami Gérard a vraiment pris au sérieux la détresse qui m'afflige.

— Absolument. Vous savez qu'il se soucie beaucoup de votre bien-être. Il me l'a dit et répété plusieurs fois en me priant de bien surveiller votre alimentation et votre état général pendant les semaines à venir. Même si l'on vous a remis sur pied à l'hôpital, vous avez encore besoin de repos et surtout d'un régime alimentaire adéquat ; sinon, vous risquez de faire de l'anémie. Gérard vous connaît bien, allez. Je sais qu'il vous estime beaucoup et qu'il veut vous éviter le pire. Vous ne devez pas succomber à un état dépressif car votre convalescence sera beaucoup plus longue et il vous sera plus difficile de reprendre une vie active.

— Oui, oui, je comprends. Est-ce que vous le connaissez depuis longtemps Gérard ?

— Depuis que je travaille à l'Hôpital Saint-Boniface, c'est-à-dire tout de suite après avoir reçu mon diplôme d'infirmière, il y a sept ans.

— Vous êtes donc dans la trentaine, comme ma femme... Enfin, comme ma défunte... femme. J'ai peine à m'habituer...

— Je comprends. Votre deuil est si récent. Et surtout, sa mort a été si subite...

— Le destin frappe. À nous de réagir. Enfin ! Mais dites-moi, si vous demeurez ici quelque temps, vous devrez me préciser l'horaire de vos journées, sans oublier le compte de vos honoraires.

— Je me charge de vous et des soins de votre maison de sept heures à dix-neuf heures. Quant aux honoraires, nous pourrons en discuter plus tard. Je vous assure qu'ils seront très raisonnables. Voici, je vous laisse mon numéro de téléphone en cas d'urgence durant la nuit. Ça vous ira ?

— Parfaitement. Je m'installe tout de suite à mon bureau pour régler les comptes à payer et voir à vos besoins pécuniaires. Puis, après un bref silence :

— Vous êtes très aimable, Mademoiselle ou Madame ?

— Je suis célibataire... bien qu'engagée actuellement dans une relation.

— J'espère que cela ne nous empêchera pas de faire quelques sorties ensemble au restaurant. Je vous rappelle que vous serez ma diététicienne, même au restaurant. J'ai toujours aimé l'ambiance d'une bonne table. J'en connais de formidables à Winnipeg.

— Je n'en doute pas. Je suis tout à fait d'accord avec vous ; une sortie occasionnelle vous fera le plus grand bien. Toutefois, c'est moi qui aurai la main haute sur le menu.

— Bien, Estelle !

Et il la fixe un long moment comme pour photographier ce visage qu'il croit reconnaître. Puis, passant près d'elle en prenant une bonne respiration, il ajoute :

— Allons voir au plus pressé maintenant !

À ce moment, un parfum subtil lui chatouille les narines. Il lui jette de nouveau un rapide coup d'oeil et s'éloigne à regret.

Gaston Ruel se sent tout ragaillardi après cette brève conversation. Depuis une semaine, il n'a vécu que d'expédients, de médicaments, de cauchemars et de condoléances. Il est temps de revenir à une plus belle réalité.

Estelle lui plaît, lui redonne confiance, tout en

l'aidant à tourner la page et à s'intégrer dans son nouveau style de vie. Grâce à elle, il fait des progrès et redécouvre les paramètres de son existence. Toutefois, il ne sait pas encore comment assumer pleinement son statut de veuf, de fils, de chômeur temporaire, de retraité temporaire, de...

— Comment redevenir soi-même ? se demande-t-il à haute voix dès qu'il s'installe à sa table de travail. Pour faire quoi maintenant ? Ah oui, je sais. Pour régler l'immédiat... L'immédiat ! L'instant présent ! Le plus pressant !

En balbutiant ces mots, comme il le fait souvent, il réfléchit, du moins il se met en état de réflexion. *Y a-t-il vraiment urgence ? Non ! Je survis, voilà tout. Aucune ambition ne m'habite. Vivre pour qui ? Pour quoi ? Pour ma mère ? Pour l'enfant que je n'aurai jamais ? Pour la femme que j'ai perdue ?*

Un jour, en ouvrant distraitement l'un des tiroirs de son bureau, il se rend compte qu'on y a retiré son revolver de protection. *Premier indice qu'on a peur que je me fasse disparaître, que je me supprime. Qui a fait cela ? On se méfie de moi. Pourtant, non, je n'ai aucune intention de... Après tout ! C'est ma vie qui en dépend. On tient à ce que je la garde ! Mais... qui serait le premier intéressé ? la première intéressée ? Je dois penser à autre chose...*

Se levant, Gaston aperçoit son courrier soigneusement rangé sur la petite table à café devant le divan. Il parcourt les nombreuses cartes de condoléances qui lui sont parvenues. Jetant les yeux sur l'un d'elles, il aperçoit une carte d'Aurore, une amie de jadis.

Il examine cette écriture qu'il connaît bien, qu'il reconnaîtra toujours, puisqu'elle lui rappelle de belles années, celles de sa formation à l'étranger, alors qu'il avait dû s'éloigner de cette très chère amie d'enfance. Elle avait même été sa compagne de vie aux heures difficiles de ses études en vue d'une maîtrise en administration.

Cher grand ami,

Je viens d'apprendre la triste nouvelle et ne puis que compatir à ta peine et vouloir la partager. En dépit des années qui nous ont séparés, je garde de celles que nous avons vécues ensemble un souvenir ému, gage tangible de leur empreinte en moi... Si, un jour, ces mêmes sentiments se réanimaient en toi, j'apprécierais que tu me les communiques, car je n'ai jamais oublié ces précieux et intenses moments alors que nous faisions des rêves d'avenir dont l'un s'est concrétisé. Je n'en dis pas plus, pour le moment, afin de te laisser libre de vivre à ta façon le deuil qui t'afflige et de choisir la meilleure voie qui s'ouvrira devant toi pour réaliser tes nouvelles ambitions. Tu en as toujours eu à profusion. Puisse la vie te favoriser toujours !

Mes plus sincères condoléances et ma meilleure amitié,

Aurore

Devenu songeur après la lecture de tels propos, Gaston remet la carte de condoléances dans l'enveloppe qu'il enfouit machinalement dans la poche intérieure de son veston, comme pour remettre à plus tard la relecture de ce message intrigant.

Sa réaction d'homme d'affaires le surprend lui-même. Il fronce les sourcils, hoche la tête et exhale un long soupir. Il grommelle entre les dents :

— Mais qu'est-ce qu'elle a cherché à me dire ?

❖ ❖ ❖

Chaque matin, en arrivant, avec la grâce d'une fée, Estelle prépare le petit déjeûner, frappe à la porte de la chambre de son unique patient qui l'attend, assis dans son lit, le journal à la main. Après une dizaine de jours de cette routine matutinale, quelque chose change. Un matin, elle retrouve Gaston installé à la petite table de cuisine sirotant son café. Surprise, Estelle pense être en retard. Aurait-elle passé tout droit dans son sommeil ? Vite, elle dépose son sac de provisions sur le comptoir et s'excuse de son retard.

— Mais vous n'êtes pas du tout en retard, Estelle. C'est moi qui me suis levé plus tôt. Je voulais profiter pleinement de cette magnifique journée de printemps.

— Ah ! Je me sens mieux ! Mais alors, c'est que vous êtes en meilleure forme. En voilà une bonne nouvelle ! Notre sortie à La Vieille Gare, hier soir, ne vous a donc pas trop fatigué ?

— Pas du tout. Au contraire, c'est exactement ce qu'il me fallait. L'ambiance y était extraordinaire. J'ai mangé comme un ogre... et sans vous désobéir le moindrement. Tout était vraiment délicieux. Merci encore de votre compagnie, ou plutôt de ta compagnie. N'oublie pas que nous avons décidé de nous tutoyer.

— C'est vrai ! Mais c'est moi qui devrais vous remercier, ou plutôt te remercier, puisque l'addition était assez salée. Le champagne s'il vous plaît, et le meilleur Dom Pérignon frappé à point. Quelle belle soirée !

— Le goût de vivre m'est revenu plus vite que je ne l'aurais pensé. Grâce à toi, Estelle. C'est pour cela que j'ai voulu te faire une surprise, ce matin, en faisant moi-même mon café. Et, tu sais, ma première pensée a été pour toi en m'éveillant.

— Attention, Monsieur Ruel. Je vous ai dit que j'entretenais déjà une relation amoureuse. Je ne voudrais pas que vous vous fassiez des idées...

— Non, mais avoue que cette sortie m'a fait du bien. Je me suis senti revivre et j'ai bien le droit de t'en attribuer tout le crédit. Puis, n'oublie pas que ce n'est plus « Monsieur Ruel », mais Gaston que tu dois dire.

Estelle lui accorde un beau sourire et se verse une tasse de café. La sérénité est revenue dans cette maison cossue de la promenade Lyndale, laquelle jusqu'alors était encore empreinte du souvenir de la maîtresse des lieux. Une chanson roucoulante et savoureuse de Barbara, que Gaston avait mis à tourner au salon en se levant, résonnait dans toutes les pièces de la maison. Estelle ne pouvait que s'en réjouir.

L'infirmière avait atteint son but, jusqu'à un certain point... Toutefois, une certaine inquiétude la rongeait de temps à autre. La consigne qu'elle avait reçue de Gérard avait été très claire. Il s'agissait de rallumer le flambeau, mais d'en orienter la lumière dans une certaine direction. Parfois, dans ses propos avec Gaston, maintenant tourné vers l'avenir, elle aurait aimé en connaître plus long sur sa vie antérieure.

Dès ses premiers jours de travail, Gaston Ruel avait retrouvé la joie de vivre et l'entrain qui faisaient de lui un meneur de premier plan dans le monde des finances. Plusieurs membres de son entourage ne voyaient que lui pour faire fructifier leurs économies, dont son ami Gérard était sans doute le meilleur recruteur.

Par ailleurs, après l'envol de son ange gardien vers

de nouveaux patients, la solitude lui devint presque insupportable. Pour se distraire, il s'inscrivit à une série de conférences hebdomadaires à l'Université de Winnipeg. Ainsi, il reprit le goût du cinéma en se rendant régulièrement dans l'une ou l'autre salle du centre ville dès sa sortie de bureau. Il faisait aussi de fréquentes visites à sa mère. Il n'avait pris que deux repas en compagnie d'Estelle qui avait longuement hésité à lui accorder un autre tête-à-tête à La Vieille Gare. Ce soir-là, il était revenu perplexe, assuré que la jolie infirmière avait mis le cap ailleurs.

Un élément déclencheur viendrait-il changer le cours de son existence ? Il le souhaitait ardemment. Les attentions premières que lui avaient manifestées son entourage lors de son deuil, ainsi que l'amitié fidèle de Gérard s'étaient estompées, de telle sorte qu'à l'approche des vacances d'été, il serait bien seul pour aller prendre ses ébats sur les plages du lac des Bois, où il avait l'habitude de se rendre chaque été. Le coup de barre qu'il avait eu à donner au bureau pour remettre la machine à son rythme de croisière avait été exigeant, quoique bénéfique pour le tenir à l'écart des idées sombres qui le tenaillaient.

Sa dernière rencontre avec sa mère l'avait beaucoup inquiété. Nathalie Gaucher-Ruel lui avait parlé de son testament qu'elle voulait réviser. Elle avait même pris rendez-vous chez son notaire pour la semaine suivante. Les membres de Femmes-Secours, un organisme qui était devenu sa raison d'être et sa seule préoccupation, entendaient créer une fondation portant le nom de Nathalie Gaucher-Ruel dans le but de se doter d'une sécurité financière. La dame charitable allait s'engager à verser une somme substantielle, quoiqu'elle aurait cent fois préféré la léguer à ses petits-enfants. Cette fois-là, les subtils reproches qu'elle faisait à son fils avant son mariage, au sujet de sa jeunesse insouciante et prolongée, étaient revenus sur le tapis avec plus de vigueur et une teinte d'amertume. L'affrontement lui avait causé un sérieux malaise physique. Il voulut faire taire ses angoisses en alertant son ami Gérard qui, sans plus tarder, lui prescrivit un examen cardiaque.

Gaston fut condamné à une réclusion de quelques jours en attendant son diagnostic. Depuis quelque temps, le seul fait de rentrer à la maison, après la fermeture du bureau, lui donnait l'impression d'être devenu une sorte de lion mis en cage pour la nuit. Cette période éprouvante, qui lui rappelait que trop sa vie antérieure, lui imposait de tourner en rond ; cependant, elle avait aussi, comme le lui avait mentionné souvent Estelle, son bon côté. Elle le forçait à réfléchir, à faire le point sur sa situation, à mettre de l'ordre dans ses idées, dans sa vie et dans sa maison. Dans les confidences qu'il lui avait faites, il avait été question de se débarrasser de cette coquille vide qu'était devenue sa résidence et de se mettre à la recherche d'un appartement d'une de ces tours modernes où l'on avait l'impression d'avoir toute la ville de Winnipeg à ses pieds. *Néron contemplant Rome et s'enorgueillissant de sa puissance...*

Pour contrer l'effet de la solitude, Gaston parlait à haute voix, une habitude qui lui venait de son père. S'imaginant entendre la voix du disparu, il crut qu'il en devenait le médium. À son père, il pensait presque chaque jour. N'avait-il pas son âge quand il était décédé dans la frêle cinquantaine, fauché par une crise cardiaque à la suite d'une déveine financière ? Et pourtant, la catastrophe n'avait changé que peu de choses dans la Société dont il était le principal actionnaire. Mais l'homme fier qu'était Athanase Ruel n'avait jamais accepté la déconfiture. La jambette qu'il avait reçue, comme il disait, de la part de son prétendu meilleur ami par-dessus le marché, lui avait percé le coeur. Gaston en était au même stade, et tout comme son père, une défaite financière pouvait lui être fatale. Cependant, rien ne laissait prévoir qu'une semblable déconvenue le guettait. De plus, il pourrait toujours compter sur ses multiples amis. C'était plutôt sur le plan familial que la faillite l'attendait si sa mère mettait son plan à exécution.

Un samedi matin, alors qu'il faisait le tri des vêtements à expédier chez le nettoyeur, il mit la main sur la carte de condoléances d'Aurore Lazure, la femme avec laquelle il avait eu sa première liaison amoureuse et dont il n'avait jamais su s'expliquer la fin. Les deux amoureux avaient parfois parlé de mariage mais l'effritement de leurs projets était arrivé comme la fonte des glaces au printemps. À ce moment, la nature a une façon de se transformer dans une souple évolution, passant d'un état à l'autre sans crier gare. Le présent devient subtilement le passé dans un miroitement d'avenir.

La relecture des propos d'Aurore lui apporta un nouvel éclairage. Cet amour de jeunesse semblait se métamorphoser, comme par magie, en un amour véritable. Il analysa chacun des mots, scruta chaque petit détail de ce message qui l'interpellait. Que voulait-elle dire au juste ? *...en dépit des années qui nous ont séparés, je garde de celles que nous avons vécues ensemble un souvenir ému et... un gage tangible.... si un jour ces mêmes sentiments se réanimaient en toi, j'apprécierais... des rêves d'avenir dont l'un s'est concrétisé...*

— Un rêve s'est concrétisé, répète Gaston à haute voix. C'est donc que quelque chose de concret est arrivé !... *Je n'en dis pas plus...* C'est donc qu'elle pourrait en dire davantage... Il y a autre chose. Cette autre chose pourrait être... Ce serait possible. Et pourquoi pas ? Si c'était vrai... Je serais sauvé.

❖ ❖ ❖

Au hasard de vos randonnées le long de la promenade Lyndale, vous pourriez les voir déambuler tous les deux. Derrière la poussette, c'est bien Gaston Ruel que vous apercevriez, un homme à la chevelure blanche affichant la cinquantaine avec, à ses côtés, une petite demoiselle de huit ans, la soeur du bébé, et une resplendissante femme. C'est Aurore Lazure au teint toujours aussi rosé.

Les gens heureux n'ont pas d'histoire.

RACHEL DENISET

Maman et épouse, Rachel Deniset écrit pour chasser le deuil, pour évoquer la vie, pour respirer un peu mieux. Enfant, elle a passé ses étés à la plage Albert, au chalet de ses parents qui lui ont transmis l'amour du lac et des grands espaces qui soulagent. Encore aujourd'hui, elle y retrouve la paix. Elle travaille au Bureau de l'éducation française dans le domaine de l'évaluation depuis 1987.

La petite voix

à la mémoire de mes parents

Le jour où elle voulut crever le mystère, Élyse se mit en route pour la plage Albert. Seule dans sa Toyota blanche, elle sentit ses doigts se crisper autour du volant malgré la liberté qu'aurait dû lui procurer le chemin à quatre voies où les voyageurs se faisaient rares.

La poitrine gonflée de peine, elle retenait difficilement ses larmes. Cherchant à contenir le torrent qui s'amplifiait derrière ses paupières, Élyse regarda aussi loin que possible devant elle. Une flaque d'eau paraissait pour ensuite disparaître aussitôt qu'elle s'en approchait. Le reflet la ramena à la petite fille qu'elle avait été il y a trente ans quand, regardant par la fenêtre de la vieille Dodge rouillée, elle avait cru que ce mirage était le lac Winnipeg qui se déversait sur le grand chemin et qui, par magie, s'épongeait. Enfant, elle s'était fiée aveuglément à ce lac parce qu'elle n'en avait pas trouvé de plus beau sur terre, parce qu'il remuait ses entrailles sans qu'elle sache trop pourquoi. Mais ce temps c'était le passé qui avait disparu comme la flaque d'eau sur le grand chemin.

Arrivée à la plage, Élyse laissa la voiture trouver la petite ruelle de gravier dissimulée au bout de la route principale. Elle gara sa voiture au camp des guides, déserté en cette fin d'été.

Elle tenta de voir le chalet entre les branches mais la forêt l'en empêcha. Pourtant, il n'y avait pas plus que cent mètres à franchir. Elle continua le chemin à pied. En tournant le coin, un choc l'assaillit brusquement dans tous les membres de son corps.

Vert !

Les nouveaux propriétaires avaient osé peindre le chalet en vert. La colère s'empara d'elle. On lui avait trop pris en si peu de jours.

Élyse s'assit sur le bord du chemin et pleura amèrement. L'habitation paraissait toute menue. Comment avait-elle pu contenir la foule qui l'envahissait chaque fin de semaine ? Mais ça aussi, c'était le passé. Tu *n'as plus huit ans,* pensa-t-elle.

La rage au coeur, elle emprunta le sentier qui menait à la plage.

À sa très grande surprise, la vaste étendue de sable doré, d'eau douce et de ciel bleu menant à l'infini lui offrit un spectacle sans plaie. Élyse retint son souffle un instant, puis expira lentement. Retrouvant son souvenir d'enfance intact, elle répondit à l'appel du vent. Abandonnant sa blouse, sa jupe et ses sandales sur la plage, elle courut se jeter à l'eau où elle s'immergea jusqu'au cou. Qu'elle était froide et bonne, cette eau du grand lac Winnipeg ! Après quelque temps, les vagues la portèrent jusqu'à la grève. Assise, elle les laissa déferler sur son corps et laver complètement le sel de ses yeux bouffis.

Quand elle se releva, Élyse sentit qu'elle respirait normalement pour la première fois depuis les funérailles. Dans le vent, elle reconnut une voix qui l'invitait à reprendre sa place dans l'univers.

ANNETTE SAINT-PIERRE

Annette Saint-Pierre a d'abord enseigné dans les écoles du Manitoba et a été ensuite professeur au Collège universitaire de Saint-Boniface où elle a fondé Le Centre d'études franco-canadiennes de l'Ouest. Elle s'intéresse tout particulièrement à la littérature française de l'Ouest canadien, tout en dirigeant les Éditions des Plaines dont elle est la co-fondatrice. Elle aime la musique, le théâtre, les voyages, la lecture et l'écriture.

Moonshine et eau bénite

La neige tombait depuis le début de novembre au grand dam des Manitobains qui n'en pouvaient plus d'en supporter l'amoncellement dans les rues, encore moins dans les ruelles où c'était tout un exploit de les emprunter. Armés de pelles ou de longues planches fixées à un manche, les hommes montaient sur les maisons pour en déblayer le toit : le poids de la neige était tel qu'elle menaçait de le crever au dire des anciens qui spéculaient sur ses dangers. Les citadins s'habillaient chaudement : le mercure du thermomètre ne lâchait pas les -30°C. Du jamais vu !

Il n'était pas question de freiner les opérations

commerciales ou les transactions bancaires, ou encore de ne pas se rendre au travail à cause de la neige et du froid polaire. Allons donc ! La vie devait continuer. Pendant ce temps, les conducteurs de poids lourds et d'autobus qui ne savaient qu'une chanson circulaient sur les grandes et petites routes enneigées ; ils se faisaient un honneur de rentrer à Winnipeg après avoir roulé des heures interminables l'inquiétude au ventre, mais aussi heureux que d'avoir remporté un trophée.

La veille, les écoliers étaient demeurés à la maison car le ministère de l'Éducation avait annoncé à la radio la fermeture des écoles. En réalité, il aurait été cruel de laisser les gamins et les gamines aux abords des routes, exposés aux engelures, en attente d'un autobus qui pouvait ne pas venir. Un jour de congé inattendu transportait les jeunes au septième ciel, tandis que les parents s'arrachaient les cheveux d'avoir à surveiller trois ou quatre petits démons regorgeant de santé.

Ce samedi-là, on répétait partout de ne pas s'aventurer sur les routes du sud : il y sévissait une effroyable tempête de neige. Au terminus d'autobus de Winnipeg, Curtis, chauffeur d'une Greyhound qui comptait une trentaine de passagers à son bord, hésitait à partir vers la région de la Montagne. Il s'en était ouvert au responsable de l'expédition qui avait rétorqué sans la moindre hésitation : « *Go as far as you can* ».

Le subalterne avait tiré de sa poitrine un murmure désapprobateur, avant de jeter un coup d'oeil plus perspicace que d'habitude sur chacun des passagers qui tendait son billet. Installé au volant, il regardait maintenant dans le rétroviseur une frêle petite bonne femme coiffée d'un chapeau de chat sauvage beaucoup trop grand pour sa tête. Sans s'expliquer une réflexion aussi farfelue à un moment aussi tragique, il se disait qu'elle devait fumer la pipe celle-là. En réalité, elle avait semblé ne pas avoir froid aux yeux tout à l'heure en lui donnant un commandement :

— Vous êtes mieux de bien conduire, vous. Je sors de l'hôpital, moi, et je veux me rendre à Mariapolis avec tous mes morceaux.

Jusqu'à Mariapolis, avait répété en lui-même le gros Curtis, doutant fort de pouvoir parcourir une distance de deux cents kilomètres si la poudrerie claquait toujours aussi rageusement. Déjà, à Winnipeg, le vent qui s'engouffrait dans la porte de l'autobus encore ouverte lui fournissait un bon échantillon de ce qui l'attendait. Il pensa alors à cette tempête de neige mémorable qui l'avait laissé en panne, alors qu'il faisait la navette entre Winnipeg et Le Pas, une petite ville du Nord. Il en frissonnait en mettant le moteur en marche. S'il allait connaître le même sort avec tous ces gens qui lui faisaient confiance...

L'homme d'une quarantaine d'années sait fort bien que l'on ne doit pas provoquer le mauvais temps : quand une tempête s'élève dans les prairies qui s'étirent à perte de vue, il faut trouver un abri et attendre patiemment que le calme se rétablisse. Tant d'hommes, de femmes et d'enfants sont morts gelés, perdus dans ces tourmentes de neige déclenchées par des démons furieux.

Curtis conduisait prudemment à travers la ville. De leur fenêtre, les passagers pouvaient observer les piétons enveloppés par la poudrerie, le dos plié en avant pour se protéger la figure du froid et de la neige cinglante. La chaleur envahissait lentement l'autobus. Les voyageurs, dont quelques-uns plus joyeux que les autres, parlaient de leur dernier Noël, du jour de l'An à célébrer dans deux jours ou de leurs emplettes chez Eaton et à la Baie. Après quelque temps, le chauffeur s'était mis à rouler plus vite, toujours plus vite : on aurait dit qu'il voulait battre un record en arrivant à destination avec sa charge complète. La tête droite et le regard fixe, il fonçait dans l'espace déjà noir dévoré par des étincelles tourbillonnantes.

Pendant qu'ils allaient vers l'ouest, les passagers crurent que la tempête se lassait de ses bousculades perpétuelles. Ils respiraient mieux. À Starbuck, ils avaient vu le chauffeur sourire en aidant un couple âgé à descendre. Ensuite, il avait couru au restaurant glaner des nouvelles auprès des flâneurs habituels. C'est alors qu'il était revenu la mine grimaçante car on lui avait fortement conseillé de ne pas s'aventurer plus loin. On avait raison de se tourmenter car c'était idiot de risquer sa vie dans la bourrasque.

« Go as far as you can », avait dit le patron.

Les occupants du véhicule avaient envié l'homme et la femme qui venaient de les quitter ; bientôt ils seraient dans le confort de leur maison et boiraient une tasse de café chaud, peut-être même un verre de gin tandis qu'eux...

Il n'était que sept heures du soir et la route serait longue, très longue.

Passé Fannystelle, où l'autobus devait descendre plus au sud, un homme maigrelet, vêtu trop légèrement pour ce temps de l'année, s'était levé pour aller bavarder avec Curtis. En réalité, le passager voulait se rapprocher du pare-brise pour mesurer l'ampleur du danger. En avant, en arrière, à droite et à gauche, c'était blanc partout. La poudrerie qui les entourait ressemblait à une mer démontée.

La neige est un élément plus dangereux que l'eau dans laquelle on peut se laisser couler avec l'espoir d'aborder sur une rive quelconque. La neige, elle, nous aveugle et nous garde captive dans ses griffes dangereuses.

La crainte recommença à s'immiscer de plus en plus dans le corps et l'âme des passagers. Personne ne sommeillait ; tous se taisaient, comme si les mots ou les rires pouvaient les empêcher de se déplacer. Seul, le grondement du moteur leur rappelait que l'autobus bougeait encore, quoique de plus en plus péniblement. Heureusement, il y avait deux petites nonnes qui égrenaient leur chapelet derrière Curtis ; ce dernier était heureux de les avoir à bord, une véritable bénédiction en ce soir maudit de décembre.

Une demi-heure plus tard, l'autobus fit un virage de quatre-vingt-dix degrés et emprunta la route 13 conduisant à Carman. On irait franc sud pendant une vingtaine de milles en se dirigeant, une fois de plus, vers le coeur de la rafale. Toutes les têtes collées à la fenêtre se dressèrent instantanément quand le chauffeur arrêta l'autobus et déclara sur un ton d'amer défaitisme qu'il ne voyait absolument rien. Il était inutile de s'entêter à vaincre la rage de cette poudre trop dense et de s'exposer à tomber dans l'un des fossés qui jalonnaient la route.

La panique ne dura que quelques secondes car des voix protestèrent en choeur :

— Faut essayer encore !

— Lâchez pas comme ça !

— On veut pas mourir gelés !

— Faites quelque chose !

Des images lugubres hantaient déjà le souvenir des prisonniers du véhicule : aventures malheureuses et morts tragiques racontées par leurs parents ou grands-parents au cours de randonnées en traîneaux ou en *cabooses*. Eux, ils allaient se battre, décidés à ne pas connaître le même sort.

Une dizaine d'hommes se levèrent et sortirent en hâte pour aller repérer la route. Ils revinrent aussi vite, tout blancs de cette neige qui les avait giflés avec force avant de s'agripper à leurs vêtements. On garderait la porte ouverte et l'un d'eux guiderait le chauffeur. Curtis dut se faire prier pour remettre l'autobus en marche. Continuer à aller vers le sud, c'était aller vers la mort car c'était là que la tempête râlait, rageait et menaçait d'en faire des siennes si l'on ne respectait pas son territoire. Les occupants du véhicule comprenaient le message de l'ennemie qui sifflait à leurs oreilles mais ils ne voulaient pas l'entendre : l'espoir renaissait en eux parce que la porte demeurait ouverte.

Pendant l'instant de panique, la petite femme au casque de poil avait demandé à son voisin d'aller occuper un autre siège : elle voulait déposer son pied malade sur la banquette afin de le protéger du froid glacial qui circulait sur le plancher. Toute recroquevillée près de la fenêtre, elle tenait continuellement la tête tournée vers le lieu où se jouait le drame, même si elle n'y apercevait qu'une vitre tapissée de givre. Quand son compagnon l'avait quittée en lui serrant la main, elle l'avait remercié d'une voix tremblante. Tous les deux avaient grand-peur et de se toucher l'un l'autre les avait rassurés quelques instants.

L'autobus continua à naviguer tant bien que mal jusqu'à Carman. La deuxième moitié de la petite route 245 vers l'ouest donna un peu de répit à Curtis, mais il devait s'armer de courage contre une plus grande fureur de la tempête. Quittant la 245, il vira à gauche et descendit la 244 en ligne droite vers le sud. C'est alors qu'une sueur étrange recouvrit tout son corps : l'annonce d'une bonne suette. Les yeux écarquillés à leur plus grand, tout en écoutant le grondement de l'engin qui résistait à l'imposition, il se mit à prier tous les saints du Ciel de lui venir en aide. Soudain, il vit se dresser devant lui un mur tout blanc qui faisait environ deux mètres de hauteur. Le coeur lui manqua. Il freina brusquement. Les gaillards qui avaient le plus insisté pour ne pas interrompre la randonnée lancèrent des réparties joyeuses pour dérider les voyageurs ; ils se ruèrent à l'extérieur et tirèrent des pelles du compartiment à bagages. Pour abattre l'intrus, ils pelletèrent de leur mieux et réussirent à déblayer un passage pour le vaillant autobus qui triompha une fois de plus.

Dans la région du Sud, la neige tourbillonnait avec une telle vigueur qu'elle soulevait de longues banderoles blanches qui battaient au vent. On aurait dit que, pour faire preuve de méchanceté, elles s'étaient suspendues haut dans le ciel afin de dissimuler les fils d'électricité marquant l'emplacement de la route. L'autobus avançait au pas de tortue lorsqu'il s'engagea à droite dans la route 43l. Tout de suite, il s'y empêtra. Cette fois, à l'exception de la petite femme au casque de poil, hommes et femmes descendirent pour le pousser et le remettre sur la route. Exténué et enragé, le moteur grogna de mécontentement quand on lui commanda de repartir.

Après six kilomètres qui en parurent cinquante aux passagers, le chauffeur aperçut soudain un bonhomme enneigé qui balançait les bras au-dessus de sa tête. S'il s'arrêtait, il risquait de ne pas pouvoir redémarrer à cause de la neige qui formait des dunes dans tous les sens. Toutefois, en voyant qu'il avait affaire à un homme en détresse, le bon Curtis freina. L'étranger dont la barbe était recouverte de neige gelée voulait prendre à bord de son Bombardier, sorte de cabane montée sur des patins, les quelques passagers qui se rendaient à Saint-Léon.

Cinq autres passagers qui vont échapper au danger, pensa Curtis en leur souhaitant bonne chance, après les avoir accompagnés jusqu'au petit véhicule d'allure fragile.

— Bonne chance, vous aussi. Vous allez en avoir besoin, rétorqua le sauveur de Saint-Léon, le nez tout dégoulinant.

Depuis qu'on avait quitté Winnipeg, jamais la neige n'avait été aussi méchante et le froid aussi intense. Curtis venait d'en faire l'expérience en mettant le nez dehors. Il fallut de nouveau ouvrir la porte et laisser la neige s'engouffrer dans l'autobus. Le chauffeur avait les nerfs à fleur de peau. Il aurait voulu quitter son véhicule, s'enfuir seul, se réfugier dans le champ immense et blanc et se livrer corps et âme à la neige meurtrière. Elle l'aurait endormi avant de le prendre cruellement dans ses bras. En songeant aux cent soixante kilomètres qui restaient avant d'atteindre le village de Ninette où se trouvait le terminus de la compagnie de transport, l'envie de tout lâcher s'empara de lui. Jamais dans sa vie, il n'avait vécu de moments aussi difficiles. Son imagination lui fit voir une vingtaine de corps glacés étendus ça et là dans l'autobus qui commençait à faire des bruits étranges. Il s'essuya le front et fut incapable d'encourager la femme à ses côtés qui lui demandait pour la énième fois s'ils allaient pouvoir se rendre jusqu'à Mariapolis.

Le chauffeur regarde le rétroviseur. Les passagers

tremblent de froid et de peur. Ils sont là, en colère et impuissants contre l'élément destructeur qui a perdu la raison : le vent. Le vent si bienfaisant en été mais si pernicieux en hiver. Le vent que personne ne peut mâter ; en effet, il terrorise les plus braves en créant des fantômes affreux, jette le trouble dans leur âme par ses accents lugubres, s'attaque à leur chair pour la changer en pierre après avoir mis un goût de mort dans la bouche de ses victimes.

Curtis vient tout juste de soulever sa casquette pour passer la main dans ses cheveux quand, lentement très lentement, l'autobus pique une tête dans le fossé. Cette fois, c'est la fin de la fin. Même les bras de cinquante hommes ne réussiront jamais à le tirer d'une telle avarie. Impossible de mettre le nez dehors dans un froid à pierre fendre et une neige qui a perdu toute convenance et ne veut plus déposer son fouet. D'ailleurs, il est recommandé de ne jamais quitter son véhicule dans de telles conditions. Il faudrait se couvrir mais on n'a aucune couverture ; il faudrait allumer des chandelles mais on n'en a pas non plus. Il faut simplement attendre du secours mais de qui ? Il y a certainement une maison quelque part le long de la route mais où est-elle ? Une mort lente et douce guette tous les passagers...

Les voyageurs allaient apprendre, quelques jours plus tard, la mort tragique d'un homme, ce même soir de tempête. Son voisin l'avait trouvé collé à la clôture à laquelle il s'agrippait pour ne pas perdre son chemin. Le malheureux complètement gelé était tout près de sa maison...

Dans l'autobus en panne, les gais lurons des premières aventures se lèvent en silence et s'interrogent du regard. Dans quelques minutes, ils claqueront des dents et commenceront à frissonner. Curtis se gratte la tête mais demeure au volant sans même se retourner. Il est comme paralysé. Que peut-il faire ?

Quelques minutes passent. C'est le silence absolu dans le groupe. Peu à peu, on entend des murmures à voix basse, comme pour chasser le malheur qui guette. On veut croire à la possibilité de remettre le mastodonte sur la route une fois de plus. À pas lents mais décidés, deux hommes s'avancent vers le chauffeur. Ils lui parlent doucement et l'invitent à sortir. Dehors, la rage du vent leur coupe la figure et leur met du bleu au nez et aux oreilles. Cette fois, ils doivent s'avouer vaincus. Et le vent, tel un vainqueur, les nargue en sifflant de façon plus joyeuse.

Tout à coup, une lumière s'annonce sur la route : elle progresse petit à petit. C'est le Bombardier qui revient ! Les quatre hommes se mettent à crier dans leurs mains gourdes craignant de passer inaperçus sur la route innocemment cruelle. Ils sont fous de joie quand ils reconnaissent le conducteur rencontré dans les environs de Saint-Léon.

— Je m'inquiétais de vous et j'ai pensé venir faire un petit tour par ici avant de retourner à la maison.

— Comme vous voyez, ça va mal, annonce Curtis d'un ton découragé.

Le petit Bombardier, reniflant et toussotant sur la neige rebelle, fit quatre voyages consécutifs à l'hôtel de Somerset, situé à quelques milles de là. Les femmes d'abord, les hommes ensuite. La petite bonne femme au casque de poil qui venait de subir une intervention chirurgicale au gros orteil, et qui s'était gelé les pieds, avait été la première à s'installer près de son sauveur et, ensuite, à faire son entrée dans le hall de l'hôtel où se tenaient quelques buveurs attardés. Là, au grand étonnement de ses compagnons, elle avait été saluée par tout le monde. En fait, on la connaissait très bien.

❖ ❖ ❖

Au mois d'août, cette même petite bonne femme qui avait pris dignement la relève de son défunt mari dans la fabrication du moonshine avait encore peine à marcher. Elle s'en plaignait longuement auprès de tous les habitants du village qu'elle rencontrait, en l eur décrivant avec une imagerie surprenante l'odyssée de son voyage, un soir d'hiver où elle rentrait de Winnipeg.

Elle n'était pas une sainte selon certains villageois qui connaissaient la provenance de ses revenus mais préféraient n'en rien dévoiler aux autorités. Après tout, la solidarité existe dans les petites communautés. On disait que les jeunes se rendaient chez elle, le samedi soir, pour faire remplir leur flacon de *moonshine*. Après, ils retournaient vite à la danse ou s'attardaient dans une chambre arrière de la maison. Là, une femme d'âge mûr louait ses charmes au prix régulier ou à rabais, selon le cas.

Un jour, la veuve s'était rendue au bureau de poste cahin-caha, chaussée d'espadrilles dont l'une était largement entaillée pour laisser les chairs baveuses exposées au vent chaud d'été. Cela faisait sept mois que le médecin lui recommandait une pléthore d'onguents et d'antibiotiques sans aucun succès. Pour hâter sa guérison, elle s'était mise à essayer tout ce que les charlatans de passage lui conseillaient : des herbes sauvages, de la crotte de mouton, de la salive de cochon, etc..

Cette fois, celle qui faisait le scandale de la paroisse fit la connaissance du nouveau vicaire dans la communauté.

Le jeune ecclésiastique qui avait remarqué la démarche pénible de la petite femme lui avait aussitôt adressé la parole. Sa triste histoire lui remua le coeur et les entrailles ; il l'aurait canonisée sans hésiter, tellement elle faisait pitié. Aussi, voulut-il faire quelque chose sur-le-champ. En examinant le gros orteil de la malheureuse, il souhaita, à l'exemple du Seigneur Jésus, se jeter à ses pieds, laver sa plaie, la bassiner de son mieux et lui faire un pansement aseptique. Comme il avait une foi à transporter les montagnes, le prêtre lui avait recommandé sur un ton confidentiel :

— Faites tremper votre orteil chaque jour dans l'eau bénite. Et vous m'en donnerez des nouvelles.

La vendeuse de moonshine a-t-elle écouté le conseil du vicaire et confié son orteil au pouvoir sacré de l'eau bénite, tel que prescrit par le saint homme ? Nul ne le sait.

Cependant, une fois l'orteil guéri et l'ongle repoussé, quand le médecin lui présenta le coût de ses honoraires professionnels, elle s'indigna et rétorqua, le corps droit comme un général qui s'en va en guerre :

— Docteur, vous n'aurez pas une cent. C'est le petit vicaire de la paroisse qui a guéri mon orteil. Il a fait un miracle et allez lui demander sa recette si vous me croyez pas.

DIANE LAVOIE

Diane Lavoie est née au Québec. Elle a étudié à l'Université de Montréal en sciences politiques, en philosophie et en communications. Arrivée à Winnipeg en 1985 où son conjoint avait obtenu un poste, elle travaille dans le secteur des communications (CKSB et Agriculture Canada) tout en poursuivant des études en traduction au Collège universitaire de Saint-Boniface. Depuis, elle est au service de traduction du gouvernement fédéral. Mère de deux enfants, Diane Lavoie n'avait jamais écrit de fiction avant de participer au concours Des nouvelles sous l'soleil *de Radio-Canada.*

La morsure

Le cri lui fit froid dans le dos. Sylvie connaissait suffisamment le répertoire des cris d'enfants pour savoir que sa fille de six ans était en proie à une douleur réelle. Elle se précipita vers la pièce où les deux fillettes jouaient paisiblement quelques minutes plus tôt. Au moment où elle entra, Chloé s'élança dans ses bras en hoquetant, à travers ses larmes :

— Charlotte m'a mordue.

— Montre-moi, dit sa mère.

Chloé tendit son bras.

Un peu au-dessus du poignet de l'enfant se trouvait une marque violacée. Sylvie sentit son sang bouillir dans ses veines.

— Charlotte Tremblay, qu'as-tu fait là ?

La petite resta muette, le regard innocent.

— Comment as-tu pu faire une chose aussi méchante ? Regarde, tu as fait mal à Chloé !

Charlotte éclata en sanglots.

— Il est trop tard pour regretter. Tu vas rester ici jusqu'à ce que je te donne la permission de sortir. J'ai été trop tolérante envers toi. Maintenant, c'est fini !

Sylvie sortit de la chambre en tenant Chloé par la main. Elle nettoya et pansa la morsure, puis consola la fillette en la berçant après lui avoir donné un morceau de chocolat.

Quand l'autobus scolaire qui la conduisait tous les après-midi à l'école s'arrêta devant la porte, Chloé semblait avoir tout oublié de sa mésaventure. En regardant sa fille lui envoyer la main, Sylvie ressentit un pincement au coeur. Comme elle aimait cette enfant ! Son bonheur et son bien-être étaient tout ce qui lui tenait à coeur. Cependant, il n'y avait plus aucune hésitation à avoir, Charlotte devait partir.

❖ ❖ ❖

Sylvie avait accepté de garder sa nièce de quatre ans, trois jours par semaine, pour que Chloé ait une compagne de jeu. Chloé était fille unique, et comme la famille vivait un peu en retrait de la ville, elle s'ennuyait beaucoup les avant-midi. Même si elle avait l'impression que sa soeur lui avait offert ce travail un peu par charité et pour lui rappeler qu'elle, elle avait un emploi valorisant à l'extérieur du foyer, Sylvie avait accepté parce qu'elle aimait bien Charlotte, la douce, timide et jolie Charlotte.

Que les apparences sont trompeuses ! Sylvie savait maintenant que sous le masque angélique se cachait une petite fille malfaisante, hypocrite et menteuse. En un mois, Charlotte avait mordu Chloé à trois reprises sans aucune provocation. Particulièrement odieuse, la dernière attaque était impardonnable, d'autant plus que Sylvie avait fait preuve de beaucoup de patience et d'indulgence en réprimandant la coupable les fois précédentes. C'était décidé. Elle allait téléphoner sur-le-champ à sa soeur pour lui dire de venir chercher sa fille et de se trouver une autre gardienne. Tant pis pour les sous supplémentaires, on n'avait pas besoin de Manon et de Charlotte pour vivre. Il était hors de question que Chloé soit le souffre-douleur de quiconque, surtout de sa cousine.

Sylvie avait elle-même tellement souffert du fait que la chance ait souri davantage à Manon qu'à elle-même. En effet, sa soeur qui avait toujours été première de classe, était devenue enseignante ; mariée à l'extraordinaire Benoît, elle habitait une très belle résidence et elle était encore enceinte...

De son côté, Sylvie qui avait terminé sa douzième année de peine et de misère avait dû se contenter du gros Robert, pas méchant mais un « lambineux » toujours parti et décidé à ne plus lui faire d'enfant. *En tout cas,* pensa Sylvie, *sur le plan des enfants, c'est moi qui ai remporté le gros lot !*

❖ ❖ ❖

Lorsque Chloé revint de l'école, elle demanda où se trouvait Charlotte.

— Tante Manon est venue la chercher. Elle et moi avons décidé que Charlotte ne viendrait plus se faire garder chez nous.

La discussion entre les deux soeurs avait été plutôt orageuse, Manon accusant Chloé d'avoir provoqué Charlotte et Sylvie de s'énerver pour rien. Mais Sylvie avait tenu bon, tout en sachant que ce faisant, elle creusait entre elle et sa soeur un fossé qui serait très difficile à combler.

En apprenant la nouvelle, Chloé éclata en sanglots.

— Mais, Maman, tout ce temps-là, je serai toute seule.

Pauvre petite. Elle serait prête à endurer les pires sévices pour avoir la compagnie de Charlotte.

— Tu sais, dans quelques mois, tu seras en première année et tu seras avec des enfants de ton âge toute la journée.

— Mais c'est bien trop loin !

Sylvie resta sans réponse. Elle n'avait pas pensé à cet aspect de la question. Il lui fallait trouver quelque chose rapidement. Soudain, la solution lui sauta à l'esprit.

— Que dirais-tu d'un petit chien comme ami ?

— Oui, oui ! s'exclama Chloé avec excitation. Puis,

prudemment, elle ajouta : Que va dire papa en revenant de voyage ? Il n'aime pas les chiens, lui.

Chloé voulait un chien depuis longtemps, mais son père avait toujours refusé d'accéder à sa demande, invoquant les nombreux soins qu'exigeaient les animaux : les dégâts qu'il faudrait ramasser dans la cour, les poils, les puces, etc.

— Ne t'en fais pas, je m'occupe de papa.

Après tout, se dit Sylvie, *c'est moi qui nettoierai. À part ça, je lui ferai valoir que je me sens plus en sécurité avec un chien quand il est à l'extérieur de la ville.*

Dès le lendemain matin, la mère et la fille se rendirent à la SPCA et revinrent avec un jeune toutou enjoué, habitué aux enfants et, d'après les anciens propriétaires, totalement dépourvu de malice. Chloé était aux anges. Elle le baptisa Ti-Gris, bien que le pelage de l'animal fût plutôt beige, en mémoire du hamster de sa classe, décédé le mois précédent. Toute la journée, elle joua avec son chien, courant avec lui et lui lançant des objets qu'il lui rapportait aussitôt. Elle insista même pour manger sur le plancher de la cuisine, à côté de lui. Les jours suivants furent aussi gais, ce qui convainquit Sylvie qu'elle avait pris la bonne décision en troquant la vilaine cousine contre un chien.

Au bout de quelques jours, une ombre se dessina au tableau. Malgré l'affection apparente qu'il vouait à Chloé, Ti-Gris se mit à manifester une dévotion particulière pour celle qui lui servait ses repas. Lorsque Chloé s'en aperçut et en fit la remarque à sa mère, celle-ci tenta de minimiser la chose du mieux qu'elle pût. Chloé sembla satisfaite des explications données et cessa de s'en faire jusqu'au jour où Ti-Gris la laissa en pleine nuit pour aller se coucher sur le lit de Sylvie.

Le lendemain, Sylvie surprit sa fille en train de gronder le chien et de lui donner une tape sur le museau. Elle intervint aussitôt, faisant comprendre à sa fille qu'on ne frappait pas plus les chiens que les personnes. Elle l'envoya ensuite réfléchir dans sa chambre.

Après cette réprimande, Chloé bouda. Elle resta à l'écart tout le reste de la journée, refusant d'adresser la parole à sa mère et ignorant complètement son chien.

Le lendemain, cependant, elle avait retrouvé son humeur habituelle. Elle caressa son chien pendant qu'il mangeait, lui changea son bol d'eau et demanda à Sylvie si elle pouvait l'emmener jouer dans la cour.

Par la fenêtre, Sylvie observa les deux complices s'amuser pendant un bon moment. *Il est normal,* se dit-elle, *que Chloé ait de la difficulté à partager son nouvel ami. Mais je suis certaine que la jalousie disparaîtra vite après la période d'adaptation.* Réconfortée par le visage souriant de sa fille, elle reprit ses travaux ménagers.

Elle venait de terminer sa lessive lorsqu'un cri strident retentit. Elle se précipita dans la cour et aperçut Chloé, le visage livide et la main ensanglantée.

—Ti-Gris m'a mordue !

La morsure était profonde.... Ébranlée, Sylvie enveloppa la main de sa fille et la conduisit aussitôt jusqu'à son auto.

— Nous allons à la clinique, dit-elle d'un ton qu'elle essayait de garder calme pour ne pas énerver la petite. Juste pour être certaines que ce n'est pas grave.

Mais dans sa tête, ses émotions s'entrechoquaient. *Mon Dieu, qu'ai-je fait ? Si ce chien avait la rage ? Robert va me tuer...*

Se ressaisissant, elle demanda :

— Chloé, que s'est-il passé au juste ? Tu n'as pas fait mal à Ti-Gris j'espère ?

— Non, je te le jure, je ne lui ai rien fait.

Ce n'est pas le temps de mener une enquête, se dit *Sylvie. On verra plus tard.*

À la clinique, par chance, il n'y avait presque personne, aussi purent-elles voir un médecin rapidement.

— Elle a été mordue par un chien, Docteur. Je m'inquiète. Y a t-il des risques de maladies ?

— Je ne crois pas, dit le médecin en examinant la blessure. Puis, se tournant vers Chloé : On va d'abord nettoyer ta main, et une fois propre elle sera comme neuve !

Quand le traitement fut terminé, le médecin envoya Chloé demander un suçon à la réceptionniste. Comme Sylvie s'apprêtait à la suivre, il la retint.

— Ce n'est pas une morsure de chien, vous savez...

— Comment cela ? Ce n'est pas une morsure de chien ?

— Non, c'est une empreinte de dentition humaine faite, je dirais, par un jeune enfant.

— Mais c'est impossible, Chloé était toute seule quand...

Sylvie fut incapable de finir sa phrase. La lumière venait de se faire dans son esprit, et la vérité était si horrible qu'elle dut s'agripper au bras du médecin pour ne pas s'affaisser.

BERNARD BOCQUEL

Bernard Bocquel est journaliste, diplômé du Centre universitaire de l'enseignement du journalisme de Strasbourg, ancien directeur et rédacteur en chef de l'hebdomadaire La Liberté, *auteur de* Les caricatures de Cayouche *et* Au pays de CKSB.

Le ballet de la besotte

Nichés au creux des mains calleuses de Rosa, les oignons de glaïeuls frissonnaient de paix. Les bosses replètes des bulbes se mariaient si naturellement avec les lignes noueuses de ses doigts. Le visage anguleux de la servante du curé de Saint-Augustin exprimait le recueillement solennel du prêtre quand il présentait l'immense hostie à la foule.

Mais l'image se bloquait là.

Monsieur le curé rompait le charme en cassant le pain bénit avec des bruits secs de brindilles mortes. Rosa préférait sa façon de dire l'éternité, en caressant ses bulbes de glaïeuls avant de les confier à un petit coin de terre noire caché pas trop loin de l'église, dans un repli de la rivière Rouge. Dans son jardin, les fleurs peignaient des tableaux vivants où les couleurs distillaient une mélodie de parfums inconnus.

Le bon curé de Saint-Augustin, qui visitait souvent nuitamment l'endroit à la faveur de sa soutane d'encre, résistait mal aux flottements mystérieux dans l'air, surtout durant les visites de pleine lune, quand ses yeux glissaient sur les fesses rebondies de tomates impudiques. Il osait alors pressentir la main de Dieu en personne, tellement il trouvait inconcevable de succomber aux délices panthéistes gorgées de saveurs ensoleillées.

Fort de cette caution divine, l'esprit de l'abbé Béranger divaguait parfois jusqu'à renaître dans un chou, pendant que les tournesols prenaient des allures provocatrices de crosses épiscopales en fête. Seule la peur de sombrer corps et âme dans l'hérésie le forçait à partir en tremblotant à l'idée de si douces tentations. Le petit homme rondouillet se ressaisissait en rameutant toutes les vertus de son bréviaire pour mieux se pénétrer de cette saine béatitude : Bienheureuses les faibles d'esprit, car le royaume de Dieu pousse entre leurs mains.

Méditée à cette forte lumière, la réalité s'illuminait de sens. Simplement, le Tout-Puissant miséricordieux avait accordé des dons à cette bonne Rosa, envoyée par la Providence, pour que lui, Charles Béranger, curé de Saint-Augustin, soit le serviteur de Dieu le mieux loti, donc le plus ouvert aux paroissiens de l'archidiocèse de Saint-Boniface. En juste retour, il ne ménageait pas ses prières désintéressées en faveur de sa besotte, comme les Saints-Augustinois appelaient la bonne du curé.

Pour rien au monde, l'abbé aurait confessé ses escapades nocturnes au jardin des magies, tant il vivait des sensations inexplicables, mais surtout inavouables, même à un directeur de conscience jésuite. Comment aurait-il pu justifier cette superbe nuit de juin passée enveloppé dans les arômes poivres-doux du jardinet ? Il venait d'être surpris par une fine pluie, inattendue, mais tant désirée des fermiers. Elle avait saupoudré le jardin de subtiles pincées d'épices qui dévoilaient des odeurs profondes de terre goulue, gonflée d'aise. De nouveaux paysages fantastiques surgissaient sans relâche. Chaque plante laissait voluptueusement traîner une goutte de pluie sur ses langues feuillues les plus élancées. Seul le point du jour força le curé de Saint-Augustin à lâcher prise et à s'enfuir, trempé jusqu'aux os, la moelle en tourment.

Il fallut toutes les odeurs prenantes de sa sacristie pour le ramener à ses sens. Pris de panique devant tant de criante faiblesse, il décida de s'infliger une pénitence, se précipita dans la cuisine et pria Rosa de l'écouter sur-le-champ, pour qu'elle comprenne enfin les nuances de l'oblation. Il s'emmêla dans une explication tarabiscotée sur le symbolisme du pain rompu pour balayer les vieilles réticences de sa gouvernante, comme il préférait appeler sa servante.

Il fouilla son crâne à la recherche de la comparaison convaincante, mais ne rencontra que des fleurs de glaïeuls qui s'animaient en mouvements soyeux pour dessiner les lèvres de Rosa. Cette évocation sensuelle de bouche en fleur provoqua un acte de contrition spontané qui le força à lever son regard. Comble de malheur, il croisa le bleu des yeux de la jeune femme. Il s'y miroitait beaucoup de ciel pur, où rayonnait la clarté de l'innocence. Son jardin ne la quittait pas. Troublé jusqu'au sang, le premier des paroissiens se rabattit vite sur sa porte de sortie classique :

— Ma chère enfant, les voies du Seigneur sont impénétrables. Mais un jour sûrement, tu auras la grâce et tu comprendras Ses desseins divins.

Une fine manière, imaginait-il, de ne pas vexer les âmes simples et de donner matière à réflexion aux mécréants. Bien entendu, sa pitoyable chute biblique ne contribuait qu'à entretenir une totale incompréhension. Rosa retourna à ses fourneaux en tentant de se représenter, une nouvelle fois, ce rocher gigantesque qui obstruait obstinément la voie royale du paradis. Mais en vain : une enfant de la plaine, portée par la droiture des chemins de section, ces lignes qui s'enfoncent à l'infini pour quadriller la prairie agricole, n'arrivait tout simplement pas à imaginer une roche large comme la terre et haute comme le ciel pour boucher tout l'horizon.

Heureusement pour la réputation du théologien de bréviaire, Rosa eut la révélation le printemps suivant. Comme tous les ans depuis son enfance, elle assistait au réveil de sa rivière. La Rouge, tannée de l'oubli, s'éventrait avec de longs craquements. Le labeur de la rivière sentait déjà les fleurs de mai. La débâcle était un moment sacré, un grand mot qui avait séduit Rosa, la gamine, sitôt que son vieux père l'avait prononcé :

— Sa mère, c'est la débâcle ! À matin, la Rouge a décidé de déboutonner son gros capot. Apparence qu'elle avait mis du ben bon butin pour pas prendre frette, à cause que les blocs de glace sont ben, ben gros cette année. J'pense ben que la Rosa s'ra de bonne humeur jusqu'aux gelées blanches.

La débâcle ! La jeune femme repensait à l'image de son père. Les blocs de glace qui flottaient étaient maintenant autant de boutons inutiles d'un paletot trop serré qui s'effilochait au fil du courant. Et puis, soudain, le coup de vent aveuglant qui chasse les bancs de neige la saisit. Rosa vit deux mains puissantes déboutonner la Rouge, la fendre en deux. Le geste rituel du partage de la grosse hostie s'imposa en filigrane dans son esprit.

L'illumination !

Quand Monsieur le curé cassait le beau rond blanc, c'était pour provoquer une débâcle comme la vraie débâcle ! De la Rouge dégelée jaillissait l'eau pour arroser son jardin, du pain consacré devait jaillir des eaux invisibles, sûrement comme celles qui l'inondaient maintenant de plein fouet. Rosa était sûre d'avoir enfin compris. Une larme de bonheur dilua le bleu de ses yeux. Un vent nouveau pourchassait des nuages, le ciel de mars s'éclaircissait vers l'ouest. Elle courut annoncer la bonne nouvelle aux oignons de glaïeuls, noués en tresses dans la cave sombre du presbytère.

❖ ❖ ❖

Ce printemps-là, jamais Rosa n'avait eu autant hâte de bêcher, de gratter sa terre, de la tapoter, de façonner des crevasses. Un redoublement de jubilation intérieure qui la rendait encore moins loquace. Le chargé des âmes de Saint-Augustin refusa cependant de s'inquiéter outre mesure du comportement singulier de sa servante : la qualité du ménage et les fumets majestueux des viandes restant incomparables. Plutôt, il se refélicitait d'avoir à son emploi la besotte la plus besogneuse de toute la vallée de la rivière Rouge. Une servante dévouée qui lui avait inspiré tant de bons sermons sur le thème de l'abnégation nourrie grâce au partage.

Une seule fois Rosa avait regimbé. À l'occasion du jubilé de Soeur Jeanne, Monsieur le curé l'avait l'invitée à partager sa table pour souligner combien il appréciait son dévouement à la cause de l'enseignement. La moue de la besotte semblait curieuse. Soeur Jeanne jouissait d'une faveur populaire à toute épreuve. Il s'étonna donc ouvertement de ses réticences. La bonne refusa de redonner vie à de vieilles scènes ternies de son passé d'écolière.

Elle se contenta d'un dernier reproche muet pour Soeur Jeanne, qui avait lancé sèchement à la cantonade :

— Ma petite Rosa, il faut que tu saches bien vite compter autrement qu'en t'aidant de tes doigts, parce que sinon, ton année scolaire va se transformer en véritable débâcle !

Coincée près du poêle, Rosa encaissa bravement les pouffements perfides qui ponctuèrent le commentaire de la religieuse. Elle rougit, mais uniquement pour rejeter le vilain sens que sa maîtresse venait de donner à la débâcle bien-aimée. Sûrement, Soeur Jeanne ne parlait pas à ses fleurs. L'incident acheva de convaincre la gamine que le jardinage valait beaucoup plus que le calcul. Pourquoi savoir compter ses fleurs quand elle les connaissait toutes ?

La récente révélation obtenue par la jeune femme sur le sens profond de la débâcle la conforta dans ses convictions d'enfance. La besotte se permit donc de répliquer à son ancienne maîtresse par un léger pincement des narines en servant le gâteau aux anges.

On était justement en mai. Le prunier du presbytère présentait ses hommages parfumés aux amandes à l'abbé Béranger et à son invitée. Rosa débarrassait la table en pensant aux bulbes de glaïeuls mis en terre la veille. Pour sa fleur préférée, elle avait toujours suivi un cérémonial spécial. Les glaïeuls représentaient pour Rosa des escaliers taillés en flèche qui indiquaient la direction du ciel. Pour l'atteindre, il suffisait de monter fleur par fleur au fur et à mesure qu'elles s'épanouissaient. Car un glaïeul contenait toujours la promesse d'autres fleurs, jusqu'au sommet de sa flèche, là où, sur la dernière marche, se trouvait le paradis. Mais les oignons devaient être enterrés avec la bénédiction des pétales du prunier, sinon les glaïeuls affichaient mal la route du ciel. Rosa acceptait respectueusement le rituel.

Aider à donner la vie était un geste trop précieux pour ne pas respecter toute l'harmonie de la nature.

❖ ❖ ❖

Quelques années calmes s'égrenèrent au rythme des débâcles. Rosa suivait ses rites saisonniers pour ranimer son paradis et le curé de Saint-Augustin continuait son voyage au ciel, dès qu'il contemplait sa table. Sans faille, ses mains bénissaient les plus succulents légumes de la paroisse, du diocèse, voire du Manitoba tout entier.

Son embonpoint valait à Rosa tout le respect des paroissiens, sensibles aux bienfaits d'un curé heureux. Les villageois ne connaissaient qu'une seule ombre, celle qui tombait de la chaire et assombrissait leurs visages durant les intarissables prônes. Les Saints-Augustinois avaient la faiblesse de croire qu'une besotte plus causante aurait évité les interminables envolées dominicales. Peut-être même que l'abbé Béranger aurait fini par laisser choir ses sempiternelles et incompréhensibles références à l'imperméabilité des voies du Seigneur. Enfin ! Les adultes enduraient en silence sa manie, les enfants agrippaient les furtifs sourires d'encouragement de la besotte, tout aussi dépassée par l'insistance du prédicateur à séparer le bon grain de l'ivraie. Quel Saint-Augustinois aurait confié à Monsieur le curé la tâche de nettoyer le grain ? Pour Rosa, de toute manière, il ne poussait que du bon grain dans son jardin.

Les belles années s'effondrèrent un lourd dimanche matin, à la toute fin des battages. L'homélie démarra sur la chute de l'abbé Béranger, qui tanguait en chaire. Ses mains grassouillettes n'avaient pu, comme à leur habitude, s'accrocher au bois patiné par l'éloquence du sermonneur.

— Les voies du Seigneur sont impénétrables, mes chers frères et soeurs....

Les mots du curé sonnaient creux, se cassaient en deux à peine prononcés. Ils étaient effroyablement vides. Le prédicateur si sûr de son art avait perdu sa superbe. Ses somptueux habits de messe dissimulaient mal son désarroi, les orfrois scintillaient sans lendemain. Incrédules, les voisins regardaient les voisins, les voisines interrogeaient les voisines, le frère de Rosa baissa la tête, les enfants cherchaient les sourires encourageants de la besotte. Déjà, la commère la plus coriace du bas du village chuchota à son alter ego que le curé couvait un drôle d'air depuis une couple de jours, et elle accusa dans le même souffle la besotte de traîtrise à quelques mois du vingt-cinquième anniversaire de prêtrise de Monsieur le curé. Le préfet de la municipalité, moins enclin aux spéculations malsaines, se tourna vers son bras droit et lui soumit la thèse du coup de soleil, noyée l'instant d'après sous un torrent de grêle.

— Notre très chère petite Rosa a disparu de Saint-Augustin, mes chers frères et soeurs...

Les bancs essuyèrent le choc, mais toute l'église vacilla, submergeant les tremblotements de l'abbé

Béranger, qui put enfin vibrer à l'unisson avec ses ouailles. Ses doigts retrouvèrent l'envie instinctive de caresser la patine familière du rebord de sa chaire. Il se reprit, éleva la voix pour étouffer le tumulte et enchaîna sur la nécessité chrétienne de respecter les choix de son prochain, bien qu'ils fussent parfois difficiles à saisir. Il crut même utile de chapitrer ses Saints-Augustinois sur le besoin de pardonner avant d'émettre le souhait que sa chère Rosa revînt au bercail presbytéral. Naturellement, il la remercia pour son généreux travail de gouvernante durant tant d'années et se garda bien d'évoquer ses talents de jardinière, de peur de se troubler, voire, sût-on jamais, de se trahir. Pour mieux dissimuler une hypothétique gêne, il exécuta un ample geste qui le conduisit à pointer de l'index le plafond grisâtre de son église, devenu d'un coup presque pluvieux. Un geste déplacé qui l'obligea à exhorter ses fidèles d'implorer la miséricorde divine pour que la très chère Rosa bénéficiât, partout où son coeur la conduirait, de la protection très spéciale de saint Augustin, saint patron de la paroisse.

Il conclut sa déclamation, victime de l'habitude, en tombant sur les trop fameuses voies du Seigneur, cette fois dérisoire ornière pleine de gumbo où déjà il s'enlisait. Pour la première fois, il eut honte de son tic oratoire et exigea, en croassant, en martelant, en tapant du pied, que les viles rumeurs, les ignobles chuchotements et les vilaines messes basses cessassent immédiatement, et qu'à la place le son pacificateur des cloches de Saint-Augustin retentît. De mémoire de chaire, un tel éclat n'avait encore jamais résonné dans la charmante église.

En fait, l'abbé Béranger en savait beaucoup plus long qu'il ne voulait bien l'admettre à ses paroissiens. Il se dérobait aisément, conscient que même dans les secrets ourlés des confessionnaux, toutes les vérités ne sont pas aisées à murmurer. Comme père spirituel d'expérience des Saints-Augustinois, il avait choisi de ne pas mettre le doigt dans l'engrenage diabolique des préjugés populaires. Encore moins tenait-il à aviver la flamme jaunâtre de la rumeur. Les potinières eussent tressailli à l'idée même que l'innocente besotte tendait, depuis maintenant deux printemps, sa joue veloutée au péché.

Par surcroît, le courtisan était un Mennonite du village voisin de Blumenort. Pourquoi le grand blond au large front, à la fière allure, avait-il eu envie d'embobeliner la besotte de Saint-Augustin ? Peu lui importait, après tout. Lui, le curé, suivait la rectitude de sa vocation. Chose certaine, il avait repéré le couple énamouré une première fois lors d'une de ses discrètes promenades au clair de lune dans le jardin de sa gouvernante. Deux tournesols massifs se contorsionnaient sans succès pour dissimuler leur amour secret. Si bien que lui, Charles Béranger, élevé dans la stricte obédience catholique romaine, se trouvait brusquement rabaissé au piètre rang de voyeur et en porte-à-faux avec sa conscience. Cette dernière, rigide, lui dicta de crier, d'empêcher ces ébats sinon contre nature, du moins en opposition formelle avec la rigueur chrétienne. Mais son coeur acceptait volontiers l'ensorcellement des lieux et les beautés charnelles de la jeune demoiselle.

Sous un ciel de clins d'oeil étoilés, Charles Béranger, à deux ans d'un vingt-cinquième anniversaire sacerdotal sans faille, devenait le complice de tendresses qui, confessées, eussent exigé des pénitences mesurant des milles, à genoux dans un désert brûlant et plein de sauterelles. Il assuma cette entorse à ses responsabilités et n'en tint jamais grief à sa Rosa. Parfois, il poussait l'abnégation humaine jusqu'à l'encourager à cultiver son jardin secret, avec dans la voix assez de nuances taquines pour solliciter une complicité. En échange, Rosa lui confiait quelques phrases en allemand, apprises à la source du coeur.

— Monsieur le curé, *Ich hätte für den König tanzen können !* Ça veut dire que j'aurais pu danser pour le roi, tellement que mon Karl me trouve élégante. Moi, une danseuse ! Et savez-vous, le village de Blumenort juste à côté ? Et ben ça veut dire « endroit de fleurs » en allemand. Mon jardin, c'est aussi un Blumenort, Monsieur le curé...

❖ ❖ ❖

L'abbé Béranger, le teint hâve, ruminait ses cruels souvenirs, perdu dans une sacristie morte d'ennui. Sa petite Rosa s'était enfuie voilà déjà trois semaines devant le malheur des malheurs. Le journal local avait été formel : Karl Liebknecht s'était tué net en voiture sur la route 75, à quelques milles de Saint-Augustin, aux premières lueurs de l'aube. Sa chère Rosa avait disparu le jour précédent la parution de la nouvelle. Le curé avait d'abord espéré un coup de douleur passager. Une visite précipitée, en plein jour, de leur lieu sacré, engloutit son maigre espoir. Le jardin dégageait encore sa quiétude coutumière. Mais les glaïeuls avaient été déterrés. La déchirure fraîche de la terre lui creva l'âme. Il comprit qu'il ne reverrait jamais, plus jamais sa douce Rosa, ses yeux d'été, ses yeux d'hiver, sa bouche fleurie, et surtout, surtout, son sourire pendant la débâcle. Un sourire de paix, d'une paix si forte qu'il tentait de la recréer de l'intérieur, lorsqu'il lisait des messes spéciales.

Charles Béranger, déambulant dans son presbytère, se revoyait tomber à genoux. Il sanglotait devant les tombes vides des glaïeuls, marmonnait des airs de requiem. Il ne supportait pas cette plaie grasse et noire dans leur jardin et s'efforçait de panser les crevasses pour recréer l'harmonie perdue. D'abord machinalement, puis fébrilement, entre deux prières, entre deux reniflements de désespoir, il griffait le sol. Son devoir spirituel lui commandait d'enterrer ses morts, Karl Liebknecht et sa Rosa. Dans sa tête bouillonnaient des odeurs de sang et de ciel, de terre et de sel. Le sang de ses doigts, le sel de ses larmes. Il bredouillait des phrases solennelles et tant pis s'il oubliait les passages sentencieux et embaumeurs. Il implora son Sauveur d'envoyer vite un immense linceul de neige épaisse pour effacer la vilaine cicatrice, étouffer le goût d'encens. Dans le même soupir égoïste, il pria pour que la prochaine débâcle, annonciatrice de son imminent vingt-cinquième de prêtrise, ne lui brisât pas trop le coeur.

En quittant le jardinet à la tombée de la nuit, il emporta une seule tomate bien mûre pour une dernière communion avec Rosa. Quand il se retourna pour un ultime regard, il subit la terrible impression que les tournesols l'éconduisaient en pointant un doigt impitoyable vers un presbytère désert.

Les fantômes existent.

Charles Béranger s'en doutait depuis le berceau, avant déjà que sa grand-mère au nez crochu n'agitât la menace de la bigaouette, ce mystérieux animal nocturne qui emprisonnait les enfants coléreux. Dès la disparition de Rosa, la bigaouette revint souvent hanter sa chambre. Elle l'alléchait depuis maintenant deux cent cinquante dimanches de solitude et de sermons tristes avec des histoires de vol clandestin au-dessus du jardin merveilleux. Mais le curé de Saint-Augustin n'avait pas perdu ses esprits. Il comprenait que l'évanouissement de sa besotte avait éliminé ce coin de paradis terrestre.

Les fantômes existent, mais plus le paradis. D'ailleurs, il s'en souvenait très bien : les fleurs de soleil l'avaient répudié. Lui, Charles Béranger, homme de foi, théologien averti, ne retournait plus sur les lieux où gisaient, enfouis sous cinq autres années de feuilles mortes, ses souvenirs les plus mystérieux et furtifs. Il rassemblait toutes ses forces vives pour conjurer le sort, pour repousser la bigaouette, son long nez tordu et ses yeux de glace. La lutte lui paraissait tragiquement inégale.

Et juste avant son trentième anniversaire sacerdotal, alors qu'il sombrait dans la géhenne, l'archevêque lui confia enfin une nouvelle paroisse dans la lointaine région de la Montagne. Il reçut le désir archiépiscopal comme sa dernière planche de salut. Les Saints-Augustinois lui tinrent rigueur de ne pas dissimuler sa joie, eux qui allaient organiser une fête d'adieu dont le clou serait le cadeau : un magnifique nécessaire de messe portable, à l'abri dans une mallette de vrai cuir, rehaussé de son monogramme en lettres d'or.

La méchante langue du bas du village en profita pour distiller une rumeur de sa spécialité, échafaudée sur une prétendue concupiscence du curé. Mais personne ne crut que la singulière bonne humeur du prêtre était attribuable à d'imminentes retrouvailles avec son ancienne besotte. D'ailleurs, la disparition soudaine de la Rosa, après le choc initial, n'avait pas résisté à l'usure des saisons. Elle ne suscitait plus que des allusions sporadiques, généralement motivées par un fond de sympathie à l'égard du curé.

❖ ❖ ❖

Après le départ sans fanfare de l'abbé Béranger pour Saint-Capucin, la besotte acheva de s'estomper dans les mémoires villageoises. Le moulin de la vie de Saint-Augustin avait d'autres secrets à broyer, d'autres perfidies à concasser, au rythme endiablé de la bêtise humaine. Rien n'aurait justifié d'évoquer son souvenir. Les Saints-Augustinois qui visitaient encore leur ancien curé saluaient unanimement son calme apparent et même, depuis qu'il s'adonnait à l'horticulture, sa franche bonne humeur. Ses rangées de glaïeuls qui couraient dans toutes les directions de son jardin lui valaient des compliments très appuyés. Le curé de Saint-Capucin remarquait alors sur un ton badin :

— Mes bien chers amis, je vous ai souvent rappelé que les voies du Seigneur étaient impénétrables. Eh bien, je reste sur mes positions, bien que j'aie quitté la vallée de la Rouge pour la Montagne. Mais je peux vous assurer, grâce à ma nouvelle marotte, que les voies de notre Seigneur sont fleuries !

Les visiteuses approuvaient en s'esclaffant, les visiteurs examinaient le tout moderne double vitrage du presbytère et Monsieur le curé, impénitent cachottier, riait de bon coeur, car personne n'aurait pu établir un lien entre sa récente passion pour les glaïeuls et sa bonne humeur retrouvée.

Comme il se délectait de revivre la nuit blanche où il avait su apprivoiser sa bigaouette de malheur avec un simple glaïeul jaune, apporté dévotement la veille par une grenouille de bénitier ! Emporté par une soudaine intuition, il avait brandi la fleur comme une épée en direction de son tourmenteur, et à grands renforts de moulinets, il avait terrassé l'animal poilu. En latiniste accompli, qui connaissait la racine guerrière de la fleur aux allures de glaive, il aurait pu ne lire dans son fait d'arme qu'une géniale utilisation de ses connaissances étymologiques. Toutefois, en homme perspicace, il avait noté que la bigaouette avait été séduite par le glaïeul avant qu'il ne la transperçât. Il accepta donc le signe de la divine Providence. Rosa était de retour. Quelque part, elle avait recréé un petit paradis terrestre.

L'abbé Béranger en obtint la certitude trois printemps après le départ de sa bigaouette. Il écoutait distraitement le rapport longuet du chancelier du diocèse, une fin d'après-midi de conseil presbytéral, quand une interjection du curé de la Cathédrale le fit tomber du clocher de son église, où il astiquait mentalement la cloche en prévision des fêtes pascales.

— Justement, tu as raison d'insister dans ton rapport sur la solitude des personnes âgées. Surtout quand elles errent comme des âmes à la dérive dans les ruelles de ma paroisse, à la recherche de poubelles dégoulinantes de cochonneries. Je pense en particulier à cette dame, pas vraiment vieille, que des jeunes mal élevés pourchassent de leurs quolibets depuis les trois bonnes années qu'elle demeure dans un vieux bloc près de la Rouge, rue Taché. Une dame peut-être simple d'esprit, mais si charmante, si pleine de coeur, avec des yeux bleus comme notre ciel manitobain, si....

— Mon cher Léon, j'avais oublié que déjà au Petit Séminaire, on te surnommait le Prince de l'alexandrin !

L'abbé Béranger ne put s'empêcher de lancer sa pique. On ne dérangeait pas impunément le curé de Saint-Capucin pendant qu'il fourbissait sa cloche pour Pâques.

Par contre, on ne dictait pas à la Providence les chemins à emprunter pour envoyer messages ou pieds de nez. Et ce jour-là, la Providence avait choisi le style, certes un rien ampoulé, mais d'une sincérité sans reproche, de la part du curé de la Cathédrale.

— Mon cher Charles, ta mémoire étant visiblement au-dessus de tout soupçon, je conclurai vite ma description par une précision sur la dame dont toi seul dans cette pièce, j'en suis sûr, apprécieras la portée poétique. Figure-toi qu'elle jure, dur comme rivière Rouge en janvier, avoir été une ballerine allemande, très applaudie à la cour du roi dans sa jeunesse ! Mais farce à part, excusez-moi tous d'avoir interrompu l'excellent rapport du chancelier...

Rosa. Ma petite Rosa ! Dans les poubelles de Saint-Boniface. Inimaginable ! Et avec quelle discrète élégance le vieux chum du Petit Séminaire avait réussi à lui annoncer la nouvelle. Sapré Léon, avec son goût de la mise en scène ! Pas étonnant que ses sermons captivaient tout le monde. Rosa. Ma chère Rosa ! Chiffonnière ! ! Incroyable... Peut-être simple d'esprit, mais des yeux couleur du ciel manitobain. Sapré Léon ne croyait pas si bien dire ! Rosa aux yeux d'hiver pleins d'espoir, Rosa aux yeux de débâcle brillants de renaissance. Rosa aux yeux doux pour Karl, dans les nuits secrètes de leur jardin d'amour, au paradis des fleurs et des fruits.

Depuis combien d'années, le drame ?

Charles Béranger ne comprenait plus la raison du temps. L'ancien curé de Saint-Augustin sentait qu'il perdait pied. Les secondes s'égrenaient en bruine, les minutes se condensaient en cristaux, les heures s'agglutinaient en flocons, les dimanches en boules de neige serrées, les années s'étalaient en bancs de neige, la poudrerie grisait l'horizon. Et lui, tache noire en collet romain, égaré au beau milieu de l'existence, résistait au blizzard avec son bréviaire comme bouclier. Sale temps. L'avenir s'annonçait bouché. Rosa ne viendrait pas le guider sur la route du paradis. La célèbre ballerine allemande ne danserait pas son chant du cygne sur le lac Manitoba gelé...

Son hallucination éclata en mille poignards de glace quand le vicaire du Précieux-Sang lui tapota gentiment l'épaule pour l'inviter au réfectoire, les braves soeurs ayant déjà servi le repas. Charles Béranger reprit péniblement contenance en marmottant un bizarre :

— Rosa, dis au Seigneur de nous délivrer du temps qui cingle aux oreilles !

❖ ❖ ❖

Pendant les semaines, les mois qui suivirent la révélation de la présence de son ancienne gouvernante, à Saint-Boniface, l'abbé Béranger eut envie d'une histoire d'amour. Lui, le bon berger qui prêchait du haut d'une foi inébranlable, dépérissait d'amour, que ses sermons-fleuves ne savaient étancher.

De sa sacristie saint-capucienne, il fixait des heures durant l'ondoiement de ses rangées de glaïeuls, qui étalaient maintenant leurs dernières fleurs de septembre. Et dès que la pensée de Rosa l'obsédait, les fleurs se changeaient tantôt en mille bouches séductrices, tantôt en mains ouvertes qui l'invitaient à effleurer des charmes satinés. Jamais cependant, le curé de Saint-Capucin ne se vautrait dans des pensées lubriques. Son amour pour Rosa était pur, platonique. Le sens biblique le dépassait. Rosa vivait pour son jardin et c'était pour ce jardin paradisiaque qu'il aimait sa Rosa d'amour. Là, il avait éprouvé, touché la paix de l'âme.

Car l'âme prenait corps dans le jardin de Rosa, et tendrement devenait le surplis de son coeur tourmenté. Dans le jardinet de sa besotte, il avait toujours eu des désirs de messes de minuit. Les cloches carillonnaient joyeusement dans sa tête. C'était toujours Noël au jardin magique. Le Sauveur s'apprêtait toujours à y naître, tout semblait si ravissant, si disposé à l'accueillir.

La situation était dramatique, car Charles Béranger brûlait d'un amour qu'il aurait pu assouvir, Rosa ayant recréé son paradis sur les bords de la rivière Rouge à Saint-Boniface. Mais il n'osait pas le visiter, même en cachette, comme autrefois. Il préférait étouffer d'amour en toute lucidité que de perdre la raison au paradis revécu.

En homme versé dans les saintes écritures, il estimait en effet que s'il capitulait devant la folie qui l'assiégeait, ses prières adressées au Ciel pour le repos de son âme pèseraient moins lourd. Il mourut dans un accident de voiture, peu après avoir célébré sa trente-huitième messe de minuit. L'enquête conclut à l'accident tragique. La voiture, presque neuve, avait capoté après une vilaine embardée, vraisemblablement provoquée par une chaussée glissante. À l'enterrement, les Saints-Augustinois remplirent bien le quart des bancs de l'église de Saint-Capucin, très flattée de recevoir tant de monde. Elle en pleura de joie, tellement c'était enlevant d'abriter tant de larmes sincères.

Voilà pourquoi ni l'église, ni la foule immense, ne remarquèrent une petite dame plutôt frêle, d'un certain âge, le dos rond alourdi par un épais manteau de laine élimé. Personne n'aurait pu raconter l'expression de son visage qui annonçait pourtant, de toutes ses forces, une débâcle précoce.

❖ ❖ ❖

Rosa vit juste. La débâcle se déclencha très tôt, un soir de février, dans la ruelle de la rue Saint-Jean-Baptiste, à l'occasion de sa première tournée de poubelles après l'enterrement de Monsieur le curé. L'ancienne besotte avait porté un deuil respectable et considérait qu'il fallait maintenant retourner à sa tâche. En ménagère de qualité, Rosa discernait infailliblement les qualités des maîtresses de maison à la tenue de leur poubelle. Elle portait un respect particulier à celle de madame Hortense Jolicoeur, qui ne contenait jamais rien méritant d'être sauvé de l'abîme du dépotoir. Par acquis de conscience, la vieille dame arrêtait néanmoins sa charrette de bois rouge pour inspecter le travail ménager d'Hortense Jolicoeur. Le fameux redoux de la mi-février exigeait d'autant plus l'arrêt facultatif.

À peine le couvercle soulevé, Rosa vécut la deuxième illumination de sa vie. D'une main, d'un geste précautionneux, elle avait provoqué, à elle seule, la débâcle. Une paire de chaussons de ballet l'attendaient, confortablement allongés sur un écrin de chiffon écossais.

La voiture qui l'éclaboussa entre deux cahots n'existait pas. Ni les ornières pleines de *slush* où sa petite charrette s'était coincée dix fois. Seules les fleurs vivaient au paradis radieux qui dansait dans sa tête. Rosa ondoyait entre des roses trémières géantes et des fleurs de soleil resplendissantes, butinant les parfums, prête à accueillir le beau front de Karl. Dès qu'il se presserait sur son corps, elle l'emporterait dans un splendide pas de deux, maintenant qu'elle possédait enfin la preuve absolue de son passé de ballerine allemande. Surtout que l'on distinguait aisément la qualité de ses chaussons, cousus pour épouser les pieds les plus fins. Rosa les enserra dans ses mains avec le respect qu'elle accordait aux oignons de glaïeuls.

La ressemblance l'émerveillait : même sensation de velouté, mêmes creux souples et renflements durs.

L'émotion la subjuguait.

— Viens mon Karl, viens danser mon amour, *meine Liebe*. Monsieur le curé nous regarde en cachette, mais faisons-lui plaisir. Dansons une valse sur un air de débâcle. Sais-tu, la terre a hâte de retrouver son jardin caché tout près de la rivière Rouge !

En sentant les yeux de Rosa tendus vers le ciel, les bonnes joues d'Hortense Jolicoeur, dissimulées derrière le rideau de cuisine, se rayèrent de larmes. La Bonifacienne ne s'était pas trompée, Rosa adorait les chaussons de danse de sa fille. Les volumes anguleux de l'ancienne besotte s'adoucissaient maintenant jusqu'à transfigurer son visage. Une véritable vision qui bouleversa Madame Jolicoeur.

Dans sa jeunesse, elle avait suivi sans rechigner le petit catéchisme vespéral, écouté des histoires de saintes en extase, sans toutefois saisir la notion d'éternité, ou admettre l'existence des angelots. D'ailleurs, si Cupidon existait vraiment, il visait mal. Son homme alimentait son imbécillité à la bouteille de gros gin. Sa fille ne serait jamais une ballerine célèbre, tellement son Jolicoeur avait conspué la danse, à jeun ou en boisson. La vie, donc, jusqu'à cet instant béni précis, n'avait pas envoyé à Hortense Jolicoeur des signes tangibles d'une réalité angélique. La métamorphose de la faiseuse de ruelles sous ses propres yeux secouait tout. Cupidon visait mal, mais les chérubins existaient !

Elle essuya ses larmes, bien après que la charrette rouge eut tourné hors de la ruelle, avec une aisance sans pareille, malgré la neige trempée et ses traîtrises. La brave femme oublia aussi de se morfondre en imaginant son Jolicoeur affalé à quelque table collante de bière dans son hôtel borgne préféré du Nord de Saint-Boniface. Trop de chauds souvenirs du dernier Noël l'envahissaient, libérés par le bonheur éclatant de Rosa. La femme du buveur n'avait pas cru aux anges, mais s'était souvent laissée séduire par un beau conte de fée. Le sien avait réussi au-delà de ses espérances. Elle se revoyait au dernier Noël, entourée d'un nuage d'étoiles, en train de déposer dans sa poubelle les souliers de danse de sa Cendrillon.

Pour mieux profiter de sa félicité, Hortense Jolicoeur demanda à la fée Hortense de rajeunir de six semaines. D'un coup de baguette magique, elle exauça son voeu et la femme redevint une bonne maman canayenne, la veille du réveillon.

En bonne maman canayenne, Hortense Jolicoeur enfournait ses dernières tourtières en repassant la liste des cadeaux. Noël était la chance à ne pas manquer, l'occasion éternelle de recommencer, d'espérer une famille plus soudée. Elle n'aurait pas raté la possibilité d'un renouveau et ne manquait jamais d'offrir, sorte d'offrande conciliatoire, une cravate à son alcoolique. Satisfaite de son choix, elle referma le fourneau. Les odeurs étaient savoureuses. Pas de danger de devoir jeter des restes à la poubelle.

La poubelle !

Rosa traversa subitement sa tête. Rosa ! Seule, sans famille, sans rôti, sans amis, sans guirlande, sans cadeau, sans espoir de nouveaux espoirs. Une Rosa lugubre trottina toute la soirée dans ses pensées. Les tourtières brûlées ne réussirent pas à effacer les images de la dame des ruelles, qui l'interpellait constamment.

— Vous avez l'air drôle quand vous me regardez,

Madame Jolicoeur. À cause que vous avez deviné la vérité ? A cause que vous savez que je suis une ancienne grande ballerine allemande ? *Ich hätte für den König tanzen können,* que mon Karl disait. J'aurais pu danser pour le roi, mais Karl est parti trop vite. Il avait mes souliers de ballet dans sa voiture et ils se sont envolés avec lui. Finis les applaudissements... Savez-vous que votre poubelle est bien propre, Madame Jolicoeur ? Monsieur le curé pourrait vous complimenter aussi. Vous êtes une servante très dévouée, mais n'oubliez pas d'épousseter les voies du Seigneur, c'est bon pour les indulgences ! *Auf Wiedersehen,* Madame Jolicoeur.

Une ballerine allemande ! Voilà le rachat. Le soir de Noël, elle offrirait les chaussons de danse de sa fille à la Rosa ! Heureuse de sa trouvaille, elle resta insensible aux sarcasmes de son Jolicoeur, qui avait remarqué les tourtières noircies, malgré ses verres de trop.

Hortense Jolicoeur passa un réveillon exigeant. Elle épiait discrètement sa poubelle entre deux gestes attentionnés. Sa famille n'était pas dans la confidence. On l'aurait traitée de folle. Hélas, Rosa ne visita pas sa poubelle. Ni le soir de Noël, ni les jours suivants. La mort dans l'âme, elle retira son cadeau.

Comment la chère dame aurait-elle pu deviner que l'ancienne besotte pleurait son Monsieur le curé ? Elle en était réduite à ruminer une sourde inquiétude et allait définitivement mettre une croix sur ses talents de fée quand elle revit Rosa tirant sa charrette. Sans hésiter, Hortense Jolicoeur se précipita sur sa baguette magique, fit réapparaître les chaussons et les expédia d'un geste à la poubelle dans un tourbillon d'étincelles. La fée Hortense récita les paroles magiques :

— Il était une fois un conte de Noël qui avait attendu six semaines pour venir au monde...

Au souvenir de cette merveilleuse inspiration, la Canayenne soupira de joie. Le doute n'était plus permis : les anges flottaient quelque part au Ciel et ils dirigeaient les baguettes magiques des fées pour qu'elles réussissent les contes de Noël. Comme son conte où, l'espace d'une découverte de chaussons de danse, une pauvre femme avait transformé une ruelle couverte de neige sale en septième ciel. Et elle, Hortense Jolicoeur, mariée à un saoûlon, avait eu le droit de frôler l'amour pur.

En échange, la dame de la rue Saint-Jean-Baptiste redoubla de gentillesse à l'égard de Rosa à chaque visite de ruelles. Elle s'était donné pour mission d'intéresser les Bonifaciens au sort de l'ancienne besotte. En vain. Elle trébucha sur le ventre mollasson de l'indifférence et finit par pester contre son prochain. Il faut dire que le retour en force des beaux jours, le réveil de la sève et des drôles d'idées, n'était pas propice à la commisération. L'égoïsme printanier ne s'endigue pas. Les gens lui rétorquaient sans complaisance :

— De toute manière, que voulez-vous qu'il arrive maintenant à la vieille innocente ? Elle peut quand même plus crever de frette dans un banc de neige ! Vous vous inquiétez pour rien, Madame Jolicoeur, c'est sûr...

Indignée, la fée d'un soir exigeait qu'on appelle au moins sa protégée par son petit nom, Rosa, et non la Folle, la Vieille, ou, comble de l'indignité, *Garbage Lady*, au gré des humeurs ou du besoin de marquer ses distances avec la faiseuse de poubelles. Hortense Jolicoeur en était réduite à marmonner, en secouant gravement son chignon : Ça a pas d'allure ! Un peu de respect pour une ancienne grande ballerine allemande, tout de même !

❖ ❖ ❖

Dès le soir de sa découverte, Rosa avait accroché ses souliers de danse au-dessus de son lit. Elle barrait dorénavant sa porte avant d'entreprendre ses tournées ou parler à son jardin. Une seule fois elle apporta ses précieux chaussons, protégés au fond d'un ample sac à main de mauvais plastique. Elle pensait à la petite fille de Saint-Augustin et voulait éprouver de nouveaux sentiments en serrant fort son trésor pendant que les grosses mains de son père déboutonnaient la Rouge. Pour la première fois, Rosa avait pleuré au spectacle de la débâcle. Non de joie, mais de paix. Émue à son tour, la rivière charroya de grosses larmes de glace pointues. Cette année, pensait Rosa, le jardin sera plus joyeux que jamais.

Un cadeau d'amour pour son Karl et Monsieur le curé, qui lui avaient si gentiment renvoyé ses souliers de ballet le jour de sa fête.

Et tout fut harmonie dans son jardin. Les hauts arbres qui le dissimulaient gardaient jalousement presque tout le soleil, mais pas un habitant ne commettait l'indignité de pousser en orgueil pour combattre l'ombre. Personne ne nourrissait l'ambition d'écraser son voisin. Il n'y avait pas de place pour les jaloux dans le jardin de Rosa. Cependant, il était admis de tous, des pois de senteur, des roses trémières, des saints-joseph, que l'amie Rosa embrassait autrement les glaïeuls, surtout à la fin de l'été, quand les quelques fleurs restantes au bout des longues tiges ressemblaient à une poignée de mains grande ouverte sur l'infini. Pourtant, malgré cette affection spéciale, les glaïeuls ne songeaient pas à se grandir au-delà du nécessaire.

Non, vraiment, personne ne se flattait d'héberger les abeilles par essaims entiers. Tout ce petit monde partageait en frères et soeurs la rosée matinale. La vie s'écoulait si simplement au paradis de Rosa. La beauté régnait jusqu'aux sommets des sept tournesols de garde, bien gênés de leur taille démesurée. Par amitié pour les autres habitants, par humilité pour leur créatrice, ils s'efforçaient de pencher leurs têtes blondes. Pas un seul n'aurait osé se gonfler de l'orgueil de sa force. Ils étaient trop occupés à façonner de lourdes graines gonflées de vie.

Les tournesols attendaient la jardinière après les premiers frimas et lui tendaient, fièrement, leurs joues dodues. Rosa remplissait alors avec délicatesse de minuscules sacs de toile. D'habitude, il ne se trouvait guère de témoins pour assister au rituel du don des graines de soleil. À cette époque, l'âme du jardin avait accueilli la plupart des couleurs et des parfums de ses habitants. L'instant n'était que plus solennel. Rosa s'appliquait à ne pas perdre une seule graine.

Car des fois, il fallait si peu pour ranimer l'espoir d'un pigeon à demi-gelé sous le pont Provencher.

❖ ❖ ❖

Rosa rajustait sa tuque verte, sa tuque de Noël, pour attirer les souvenirs parfumés aux épines de sapin.

— Froid, moi ? non, non. Je me promène, Madame Jolicoeur. La grosse neige, c'est une bonne pratique pour une ballerine. *Ich hätte für den König tanzen können,* qu'il me disait à l'oreille, mon Karl, à cause que Monsieur le curé aurait pu entendre... Vous savez, j'ai une dévotion spéciale pour votre poubelle, Madame Jolicoeur. Vous devinerez pas le beau cadeau de fête qui était dedans ! C'est quoi que vous criez ?

— Je dis, Madame Rosa, que vous seriez bien mieux de rentrer un moment au chaud et manger un quelque chose. Vous savez bien que c'est la veille de Noël ce soir. Venez, on a de la mangeaille en masse ! Allez, rentrez... Comme ça, vous ne serez pas toute seule pour Noël. Venez, mon mari est d'accord et ma fille a déjà appris un peu la danse classique. Vous pourrez lui donner des bons conseils. Allez, venez !

Hortense Jolicoeur bataillait à haute voix, pour défoncer le mutisme de la besotte. Elle s'énervait de parler à cette femme comme à une gamine de six ans. Cette femme qui lui avait fait connaître le visage fulgurant de l'amour total. Un visage dont elle tenait à préserver un souvenir si brûlant qu'elle le regravait chaque soir plus profondément dans son esprit.

Hortense Jolicoeur, à moitié dehors, à moitié dans sa cuisine, était cramoisie de froid et de honte. À cet instant, elle comprit que la fée Hortense ne reviendrait plus. Il n'y avait plus qu'une mère de famille reconnaissante qui s'échinait à convaincre une vieille dame dont la dignité faisait oublier les vieux bas de laine rouge et le manteau verdâtre. Elle paniqua, voyant son nouveau conte de Noël, patiemment concocté, s'écrouler. Sans baguette magique à agiter, sans saints à solliciter, elle lança une supplique effrénée :

— Mais puisque je vous dis d'être fine et de rentrer au chaud pour un beau Noël en famille ! C'est pas ma faute si j'ai un vilain poids sur le coeur, là, ici. Et ça fait très mal, même si je presse fort dessus. Le mal m'étouffe, Madame Rosa. Il me crie en pleine face que le malheur vous guette, que vous êtes en danger, que vous allez mourir, même ! Je suis inquiète pour vous. Seule dehors la veille de Noël par ce frette, c'est pas chrétien, ça, Madame Rosa. Là, regardez ma face, elle est toute gelée raide. Je sens plus le boutte de mes doigts. Allez, rentrez, vite, vite !

Rosa trouvait jolie la fumée blanche qui sortait par bouffées légères de Madame Jolicoeur et par bourrasques nerveuses de la porte, maintenant entièrement ouverte. La bonne Canayenne avait raison, le vent fouettait de mauvaise humeur. Mais la besotte n'envisagea pas une seconde l'offre pressante.

— Froid ? Moi ? Non, non. Seule ? Moi ? Pantoute ! J'ai des tas d'amis à visiter ce soir. Le repas du réveillon est prêt dans ma poche. Et puis aussi mon Karl va venir ce Noël. Même que Monsieur le curé a dit qu'il ferait un tour. Faut pas que je soye en retard. Merci ben des fois quand même, Madame Jolicoeur. Joyeux Noël et le paradis à la fin de vos jours !

Hortense Jolicoeur aurait donné tous les cadeaux de Noël du monde entier pour tuer sa douleur de froid. Madame Rosa s'éloignait, la tête bien droite. Sa tuque verte disparut avant la fin d'une deuxième prière. L'immense vide de la ruelle n'arrivait pas à avaler la Bonifacienne. Son mal la poursuivit sans rémission, jusqu'à l'aveu brutal : chercher à connaître les gens un soir de charité chrétienne ne suffisait pas.

Dans le fond, la fée Hortense avait-elle vraiment existé ? En tout cas, les beaux contes de Noël ne durent jamais sans vraie baguette magique...

Noël ! Rosa tirait d'un pas serein de vieux souvenirs en direction du pont Provencher, où ses amis les pigeons l'attendaient. À Noël, son coeur s'alourdissait de trop tendres moments. Elle redéballa la crèche dans l'église de Saint-Augustin. L'âne et le boeuf avaient des airs de poule couveuse, prêts à souffler à la moindre alerte une haleine de foin chaud sur le petit Jésus de plâtre. Pauvre Marie mère de Dieu obligée d'enfanter dans une méchante étable. Si le Seigneur était né au Manitoba, Marie et Joseph n'auraient pas eu besoin de s'énerver. Les portes des étables ferment bien et il n'y a rien comme une peau de buffalo pour se protéger des mauvais vents et rassurer une mère énervée.

Une mère !

Rosa rejoignit vite Karl à l'abri dans la sacristie. À Noël, son coeur attendait encore un enfant. Un enfant qui se cachait dans les yeux de Karl, elle en était certaine, elle l'avait vu, à chaque tendre nuit d'amour roulée entre les roses trémières et ses chers glaïeuls. Chers glaïeuls ! Rosa les envia, tout à coup. À l'automne, quand elle déterrait les oignons pour les protéger contre l'hiver, tout paraissait si simple. Sur chaque bulbe, une écaille noire, usée et ratatinée, s'effaçait sans jalousie devant un nouvel oignon pimpant, au front bombé. Au petit paradis, les choses semblaient si naturelles.

Sur les trottoirs du boulevard Provencher, des passants de dernière minute n'avaient plus le temps de reconnaître Rosa, trop occupés à déjouer les plaques de glace. À la hauteur de l'Hôtel de ville, elle prit conscience du vent. Le vent ! Le roi du nettoyage. Il savait quand donner de bons coups de balai pour que la place soit nette avant l'heure solennelle. Rosa respira à pleins poumons l'air glacé. Ce soir, la besotte allait séduire son amoureux. Les foules tombaient en amour devant la grande ballerine allemande. Karl ne résistera pas à son envoûtement, comme dans le temps, quand tout était bonheur. Elle n'en doutait pas. Avec ses souliers de ballet, elle était invincible.

Repliés au fin fond de la poche gauche de son manteau, les chaussons attendaient leur minuit de gloire.

Les pigeons, eux aussi, patientaient, perchés sur les poutres de fer qui soutenaient le pont Provencher. Le vent nettoyeur, qui s'époumonait par moments, soulevait légèrement leurs plumes. Ils espéraient la voix fluette de leur bienfaitrice.

— Bonsoir les amis ! Pas trop frette ? Non ? Tant mieux ! Rosa n'a pas rapporté beaucoup, à cause que c'est jour de fête dans les maisons. Les poubelles vont se remplir bientôt... Mais c'est pas important... Vous entendez le bruit gentil des graines de soleil qui se frottent les unes contre les autres dans mon petit sac ? Cette année, les fleurs de soleil ont travaillé fort pour vous. C'est leur cadeau de Noël. Elles espèrent que vous les visiterez une autre fois. Allez, mangez, mangez !

Une gamme de roucoulements intéressés enveloppa la planche égayée de graines de soleil. Dans un froufrou accéléré d'ailes, les pigeons s'installèrent un à un à leur place favorite pour mieux savourer à l'avance la rivière de graines. Ravis du cadeau, ils se bercèrent aux murmures d'un bénédicité récité en l'honneur de Monsieur le curé. Pas goinfres, ils résistèrent jusqu'à la dernière note avant de déballer leurs présents à coups de bec précis. Le festin n'en finissait plus, à peine entrecoupé de compliments qui s'imposaient.

Les graines de soleil goûtaient le miel des prairies, des chaleurs de cieux d'été, des vents sucrés qui emportent les nuages joufflus. Les pigeons picotaient avec application. Rosa chantonnait un cantique de Saint-Augustin au rythme des toc-toc pianotés en cadence sur la planche. La ballerine se concentrait pour son entrée en scène et reconnut un fameux air de danse classique, interprété avec finesse par vingt becs gourmands. L'esprit à l'amour, l'artiste ne se fit pas prier pour enfiler ses chaussons. Un choeur de gazouillis à quatre voix monta mélodieusement du pont Provencher, où se pressaient les passants curieux. À Rosa de les conquérir. Le chef de la chorale, en verve, battait une mesure ailée annonciatrice d'un solo de trilles pour saluer en grandes pompes le lever du rideau de velours bleu foncé. Place au Ballet de Minuit, pour le bon plaisir du roi.

Ich hätte für den König tanzen können.

❖ ❖ ❖

Coquette, la besotte choisit d'envoûter son public avec un subtil jeu de mains. C'était si facile, elle retrouvait naturellement les mouvements d'autrefois, quand sa jeunesse cajolait les fleurs de son jardinet. Puis elle exécuta un classique, mais parfait entrechat, avant de s'élancer, portée par l'ampleur du choeur, au-dessus de la foule époustouflée. Son grand jeté fut impeccable, une bourrasque d'applaudissements l'emporta encore plus haut. À cet instant même, la scène s'emballa.

Par une étrange coïncidence, les cloches de la Cathédrale sonnèrent à la gloire de la ballerine. Elles l'invitaient à danser dans les ruines de la basilique, sur un air joyeux de carillon en fête. L'éclat de Noël était descendu dans les rues, avait fureté dans les ruelles, couru le long du boulevard, farfouillé dans les parcs, réveillé les statues endormies, s'était faufilé sur la Rouge et avait enfin repéré Rosa sous le pont. L'attrait de son ton jovial, un peu trop assourdissant, paraissait trop fort. Rosa céda, se laissa attraper par le roulement enjoué des cloches, qui la déposa cérémonieusement au milieu des ruines.

La foule, engoncée dans des habits bigarrés, en liesse, saluait l'élégance de l'arrivée. Dans tous ces cris, Rosa espérait discerner la voix de Karl. Sans succès. La sarabande des cloches reprenait de plus belle, sous le regard approbateur du gros oeil rond, à l'humeur changeante du ciel, de la Cathédrale. Aurait-elle assez de forces et de talents pour lui imaginer une nouvelle rosace ? Où trouver les couleurs quand une neige aveuglante s'enroulait autour des immenses colonnes de pierre froide, si mornes dans leur passé incendié ? Karl, *meine Liebe, komm zu mir*. Karl, mon amour, viens m'inspirer. Devinant son désarroi, l'aîné des pigeons s'envola jusqu'au centre de l'ancienne rosace, battit des ailes dans le cercle vide, pour appeler ses amis à la rescousse. Une volée de compères le rejoignit. Dans un bruissement nerveux, ils entonnèrent de concert un air symphonique, inspiré par le miel des graines de soleil. Les roucoulements tourbillonnants de la chorale créèrent une magie chaleureuse. Soudain, à la place de l'orbite béante, Rosa vit apparaître une immense fleur de soleil qui tournait et illuminait toute la scène.

Karl ne pouvait plus être loin, il l'attendait sûrement à l'ombre de la fleur géante.

Rosa reprit espoir, ses gestes gagnèrent en fluidité. Un admirateur empressé semait un tapis de pétales de prunier, blanc et moelleux sous ses pieds. Illuminée de plus belle, elle pirouetta une fois, deux fois, sans fin, jusqu'à la disparition du parfum d'amande. Les pétales se changeaient en copeaux cristallins qui cliquetaient sous ses pas. Elle songea avec effroi au grand écart, dont la réussite semblait presque impossible. La ballerine précipita quelques mouvements engourdis, si pauvres que la foule s'énerva.

Rosa s'écroula une première fois. Une rumeur houleuse galopa des quatre coins des ruines. Le public l'abandonnait. Les cloches de la Cathédrale cessèrent de rire. Rosa échouait. Le ventre frigide de la basilique allait s'ouvrir pour la précipiter dans les abîmes. Karl, *komm schnell,* viens vite !

De très loin, un tintement bienveillant réussit enfin à se frayer un chemin jusqu'aux premières loges. Il s'agissait d'un son clair et délicat, qui aurait été incapable de rouler son autorité bruyante sur toute la ville. On aurait dit juste un ruisselet de sourires destinés à ranimer un seul petit coeur, celui de Rosa. La ballerine se réchauffa à la clochette de Blumenort. Karl la câlinait, là-bas, si loin au sud. Enfin, l'appel à aimer ! La danseuse se ressaisit, l'avenir lui appartenait encore. Le public renifla de contentement et les pigeons redoublèrent leurs efforts symphoniques. Rosa envisagea l'inimaginable, un pas de deux à elle seule. Tant pis pour les péchés d'orgueil la veille de Noël, Karl l'accompagnait à sa façon. À nouveau, les chaussons du ciel sautillèrent, virevoltèrent. Mais les pieds de Rosa ne suivaient plus, rongés par le froid cinglant de la Cathédrale.

La besotte fléchit une deuxième fois. La foule tempêta. La neige, sourde, indifférente, essuyait les mouvements vaniteux de la ballerine. Le néant sera blanc, les cloches de Saint-Augustin l'annonçaient. Monsieur le curé insistait pour sonner lui-même les cloches à Noël et Rosa nota qu'il maintenait cette année encore la tradition. Les cloches de Saint-Augustin riaient comme leur bon curé, généreusement, mais sans forcer la note. La besotte écoutait l'appel au repentir qui s'amplifiait depuis son village natal. Monsieur le curé était en train de répéter à sa Rosa :

— Ma chère enfant, reste à l'image des fleurs de ton jardin. Elles sont heureuses dans l'ombre et refusent de pousser en jalouses, car elles savent que tu les aimes toutes. Toi aussi, tu es aimée et tu dois refuser l'orgueil.

Le visage collé sur une dalle glacée, Rosa n'avait plus la force d'acquiescer. Maintenant, elle appartenait au néant toujours plus blâfard et roide. La foule se voilait. Le vent de Noël ne charriait plus que l'éternité. Et l'éternité ondula ces paroles suaves :

— Rosa, Noël ne résonne pas pour danser sur son passé. Foi de saint Boniface, grand évangélisateur de l'Allemagne, Noël, c'est le droit de recommencer son avenir. Ton ancien avenir s'appelait paix et courage. Ton nouvel avenir portera le nom de l'enfant qui repose près de toi... *Deine Zukunft, Rosa, dein Weihnachtskind...*

La voix d'outre-cathédrale, mordorée comme les couleurs du soir, toussota sur le néant déjà livide et ranima Rosa. La ballerine s'arracha du sol pour toucher son rêve, couché à ses pieds, emmitouflé dans une épaisse peau de buffalo.

Un enfant de Noël !

Un cadeau d'éternité au yeux rieurs, aux cheveux bouclés. Vivement, Rosa serra son enfant contre son coeur. Comme il ressemblait à son Karl. Protégé du vent glacial par l'étreinte de sa mère, l'enfant étendit spontanément ses mains pour la toucher. Ces mains menues étaient les siennes. Rosa accepta la caresse de l'éternité. Ces tout petits doigts sauraient aimer les glaïeuls, leur apporter la vie à l'ombre d'un prunier en fleurs. La ballerine resserra son étreinte et embrassa tendrement sa fille en guise de révérence.

Électrifiée, la foule en délire applaudissait à réveiller les ruines de la Cathédrale, impressionnée par une si sublime fin de Ballet de Noël. Comblée, elle s'éparpilla vite, chassée par la tempête. Les pigeons offrirent un dernier choral mystérieux, plein d'orgues solennelles, puis s'égaillèrent aux quatre cieux. Seul le vent s'incrustait et cognait sa mauvaise tête contre les moignons de murs, insensible au ravissement maternel. De rage, il aiguisait ses dents aux piliers isolés pour mieux fondre sur la mère et l'enfant. Ses deux victimes disparaissaient sous des montagnes de neige fraîche. Les chaussons de danse étaient ensevelis à tout jamais.

À grand peine, titubante, la mère dansait nu-pieds son pas de deux virginal. Rosa vivait toute son existence l'espace d'une messe de minuit. Elle n'était plus vieille, elle avait donc le droit d'exiger la clémence divine pour goûter pleinement son bonheur de mère. La méchanceté du vent n'avait pas de sens. Il allait, au contraire, les sauver, leur apporter la bonne nouvelle, pas la mort. Paix aux mères de bonne volonté. Un tintamarre de couvercles de poubelles entrechoqués frappa à ses oreilles. La clameur des ruelles s'enfla.

— Madame Rosa ! Soyez donc fine, venez réveillonner avec nous autres. On est du bon monde quand même, vous savez. Allez, rentrez au chaud, il fait ben trop frette. Vous allez geler, mourir de froid, vous et votre beau bébé. Un Noël si frette, c'est sûr, c'est pas chrétien. Venez ou je reprends les chaussons de danse ! Allez, soyez fine, Madame Rosa, rentrez, vite, vite !

Chère poubelle de Madame Jolicoeur ! Rosa lui rendit son sourire. Mais les chaussons étaient retournés dans son passé, le ballet était dansé, le roi avait chaleureusement applaudi, la ballerine s'était inclinée devant son public. Il n'y avait plus qu'une mère atrocement apeurée pour son enfant, son avenir. La besotte serra encore plus sa fille et hocha négativement de la tête. Madame Jolicoeur, c'était l'appel à la vie des ruelles, l'appel à une vieille courbée qui tirait sa charrette de chêne, été comme hiver, pour aider des oiseaux. Les poubelles de Madame Jolicoeur sonnaient le glas. La jeune mère croyait dans Noël, dans l'innocence d'une nouvelle vie.

Il fallait que le vent sans coeur de la Cathédrale connaisse de plus tendres chemins pour une mère éplorée. Il devait savoir la route du paradis.

❖ ❖ ❖

D'abord, un petit sentier tortueux se devina, parsemé de pierres sombres, qui sonnait étrangement creux sous ses pas. La neige éclairait mal, Rosa avait peur de s'égarer et tâtonnait à la rencontre du noir en protégeant d'une main la tête presque lisse de sa fille. Mais l'enfant s'agitait, sensible à l'énervement maternel. Des arbres immenses tendaient des branches pointues qui s'enchevêtraient pour obstruer la route de la lumière. Saisi par le danger, l'enfant hurlait sans retenue. La bonté ne traversait plus les mains raides de Rosa. La besotte sut qu'elle ne pouvait plus défendre sa fille. Elle lâcha un dernier hurlement d'espoir.

L'écho lui renvoya une embrassade musicale. La clochette de Blumenort et les cloches de Saint-Augustin avançaient, enlacées dans une harmonie parfaite. Une clarté paisible perça devant les naufragés. La mélodie de lumière déchirait les ténèbres, cassait les branches torves. Dans un refrain enjoué, les cloches clamaient à toute volée que l'enfant était sauf. Mais Rosa le savait déjà. Elle vivait la grande débâcle, elle avait reconnu le chant lumineux de sa débâcle, l'appel sublime de son jardin. Le *glockenspiel* de Karl et Monsieur le curé déboutonnait son corps de glace. Un chemin de section, droit comme l'horizon, perçait sous ses pieds. Il suffisait de laisser l'âme s'attacher aux sons divins, de l'inviter à s'abandonner à l'affectueux baiser musical, si pur et vibrant.

Devant la mère et sa fille s'ouvrait la route du paradis.

Karl les attendait, au sommet de la lumière, bras ouverts, debout sur une magnifique fleur de soleil, que Rosa reconnut sans hésiter. Une merveilleuse odeur de fête enrubannait l'air du jardin. Les parfums se rafraîchissaient aux doux clapotis de la rivière Rouge. Une brise rieuse jouait à cache-cache avec les roses trémières. Tout s'épanouissait comme elle l'avait imaginé. Les joues de l'enfant se coloraient d'un vibrant rouge de tomates d'août. Ses grand yeux reflétaient doucement la luminosité du ciel, son sourire se confondait avec celui de Karl. *Du hast für den König getanzt*. Tu as dansé pour le roi.

Enfin les mots maladroits ne servaient plus à rien. La besotte pouvait parler de tout son coeur, de toutes ses mains. Elle présenta sa fille à son amoureux, qui lui dessina un sourire d'homme comblé.

— Maintenant, tu dois te reposer, tu es très fatiguée... Le voyage a été très long. Notre enfant dort déjà, enveloppé dans ta douceur... Laissez-moi vous serrer dans mes bras pour le Noël de nos retrouvailles...

Oui, prends-nous dans tes bras, mon Karl, *meine Liebe*. Comme avant, comme toujours, puisque nous sommes dans notre petit paradis. Embrasse-moi beaucoup et ne t'énerve pas pour Monsieur le curé qui nous observe, courbé derrière les haricots géants. Il nous juge pas. Tiens, regarde ! Il a mis ses beaux habits dorés pour la messe de minuit. Sûr qu'il va nous marier, je reconnais son sourire de bonheur quand il marche sur les voies fleuries du Seigneur. Sers-moi fort, mon Karl, je dois être fatiguée, j'ai un peu froid...

Qui bouge là ? Mais c'est Madame Jolicoeur ! Alors vous êtes là tous les trois Quelle belle surprise ! Où étiez-vous cachée, Madame Jolicoeur ? Ah ! derrière le prunier en fleurs ! Quoi ? Vous voulez me faire un cadeau pour me réchauffer les pieds ? Des souliers de danse tout en or ! Fallait pas ! Monsieur le curé, chicanez-la ! Si vous avez faim, tous les quatre, demandez gentiment aux fleurs de soleil, elles sont remplies de bonnes graines qui goûtent la lumière. Souris-moi encore, mon Karl ! *Ich habe für dich getanzt.* J'ai dansé pour toi, rien que pour toi. Pour te remercier d'avoir envoyé les souliers de danse. Embrasse-moi, je dois être fatiguée...

Tu veux me faire un autre cadeau, mon amour ? Un dernier cadeau de Noël ? Laisse-moi d'abord le lire dans tes yeux... Tes yeux sont tout blancs... Ça y est ! J'ai trouvé ! C'est un glaïeul blanc ! Comme il est froid... Mais je le reconnais ! C'est celui qui n'arrêtait pas de fleurir, qui me tendait une dernière poignée de mains à l'automne. Il avait l'air de me dire qu'il ne revivrait plus... J'avais eu de la peine. Mais à cette heure, il n'y a plus de tristesse à avoir ! Donne-le à notre fille, pour qu'elle le caresse avec ses mains de jardin... Regarde comme elle sait déjà lui sourire ! Le voilà rassuré. À Noël, les glaïeuls blancs ont aussi le droit de toucher l'éternité dans les bras de leur amour...

Puis le jardin se figea dans sa lumière immémoriale. C'était bien la première fois qu'il neigeait tant au paradis à Noël. La débâcle pourrait bien avoir du retard, cette année... Cette ultime pensée ne chagrina pas la besotte. Elle s'endormit, les mains grandes ouvertes, pour que naisse le frisson tranquille de toutes les mères rassurées.

Rosa savait que sa fille aimera pour toujours un petit coin de paix à l'ombre de la Rouge où jamais, au grand jamais, les fleurs ne pousseront en orgueil.

❖ ❖ ❖

La mort a frappé dans la nuit de Noël à Saint-Boniface

Winnipeg – *L'hiver a fait une première victime : Rosa Lemire, de Saint-Boniface, anciennement de Saint-Augustin, a été retrouvée gelée sous le pont Provencher le matin de Noël.*

La victime était connue pour ses fréquentes déambulations dans les rues de Saint-Boniface. Elle vivait seule dans un immeuble de la rue Taché, situé près de l'Hôtel Touriste, justement à deux pas du pont Provencher.

Selon la police, qui a mené une enquête, la mort pénible est accidentelle. La victime, qui souffrait vraisemblablement de troubles mentaux, a dû s'égarer dans la tempête qui faisait rage le 24 décembre. « Elle se pensait peut-être en sécurité sous le pont », a avancé Paul Vermette, le policier qui a conduit l'investigation.

Rosa Lemire a été découverte tôt le matin de Noël par deux réveillonneurs qui avaient dû rentrer à pied à cause de problèmes de voiture. Ils l'ont découverte par le plus grand des hasards, grâce aux roucoulements de pigeons. La tempête avait déjà enseveli le corps à moitié. Il était malheureusement trop tard pour la sauver. Cette nuit-là, le thermomètre était descendu à -23 degrés centigrades.

La mort de Rosa Lemire a particulièrement affecté Madame Hortense Jolicoeur, de la rue Saint-Jean-Baptiste. « Je la connaissais et depuis quelque temps son comportement m'inquiétait. J'ai beaucoup insisté pour qu'elle passe le réveillon avec nous, bien au chaud. Mais elle disait non. J'aurais dû insister plus. Je regretterai toujours de ne pas avoir insisté davantage. »

« Mourir toute seule à Noël, sans sa famille, c'est vraiment triste. Ça a sûrement été un enfer pour elle, abandonnée. Mais vous savez, j'ai tout essayé. Elle était très bonne, mais têtue, Madame Rosa. Le prochain Noël va être triste, on va tous penser à elle», a confié Hortense Jolicoeur. »

La police rappelle aux personnes âgées de prendre toutes leurs précautions. Les conditions climatiques défavorables des derniers jours ne devraient pas s'améliorer avant la fin de la semaine.

ÉLIZABETH MAGUET

Élizabeth Maguet, d'origine écossaise, est venue au Canada où elle a appris le français et choisi l'enseignement comme profession. Douée de plusieurs talents et d'une personnalité remarquable, elle a oeuvré dans plusieurs organisations culturelles. Le Manitoba lui doit la fondation de la maison Pemmican dont les publications font la promotion de la littérature métisse. Passionnée de lecture et d'écriture, elle a aussi fondé le Club des Plumes d'or dans le but d'encourager les retraités à se raconter. À sa mort, Élizabeth Maguet a laissé plusieurs nouvelles encore inédites.

N'importe quel chien !

J'avais dix-neuf ans à l'automne de 1932. C'était au temps de la Grande Dépression. Selon moi, j'étais sous le signe d'une bonne étoile car j'avais derrière moi tous les problèmes d'une petite école rurale et, devant moi, les défis d'une grande école de ville. Sans oublier dix chèques à venir au montant exact de soixante-treize dollars et vingt-cinq cents.

Ce salaire faramineux nous donnait droit, à ma mère et moi, à un petit logis confortable et à une existence un peu plus douce. Enfin, l'humble institutrice de campagne que j'étais, d'ordinaire si isolée et si vulnérable, devenait membre d'une profession importante dans la ville de Winnipeg.

Drapée dans ma dignité professionnelle, j'avais l'impression d'être aussi respectable qu'un professeur revêtu de sa toge dans un défilé universitaire. Il fallait me voir quand je voyageais chaque jour en tramway pour me rendre à ma nouvelle école. Pensez donc ! Soixante-treize dollars et vingt-cinq cents.

En ce temps-là, ma mère faisait son budget avec beaucoup de minutie. Nos petites économies étaient donc gérées avec le plus grand soin. Un Rothchild n'aurait pas manié sa fortune avec plus de sagesse. D'abord, elle mettait de côté la plus grosse partie de mon salaire pour la nourriture, soit vingt dollars : dix dollars pour les denrées de base et, ensuite, quelques petites variétés qui s'échelonnaient jusqu'à la fin du mois.

— Après tout, disait-elle, tu dois bien manger. Il faut que tu conserves tes forces. L'enseignement est une profession si exigeante. Et tu ne dois pas tomber malade.

Le mois d'octobre approchait et avec lui la venue de mon chèque. Cependant, il restait encore trois jours en septembre et seulement cinq sous dans la réserve de maman. Mais elle n'était pas inquiète. Gaie et confiante comme toujours, elle me dit :

— Nous avons un peu de tout dans l'armoire, excepté de la viande. Va donc à la boucherie du coin acheter de cette viande hachée que les Allemands appellent *hamburger*. Avec un oignon et des légumes, ou peut-être un peu de macaroni, je vais faire un pain de viande et un petit ragoût. Avec les restes, nous pourrons nous en tirer jusqu'à ta prochaine paye.

Je suis donc partie avec les cinq précieux cinq sous, bien en sûreté avec mes quatre derniers billets de tramway logés dans ma bourse en cuir noir luisant.

Dépression ou pas, j'étais habillée à la dernière mode : une jupe noire à plis plats, une blouse blanche lavée et empesée tous les deux jours — c'était la seule que je possédais — de fortes chaussures de marche à talons cubains, et des bas de fil dont les coutures soigneusement examinées devant le miroir étaient toujours très droites. Mon chapeau sans bord couvrait mes cheveux à l'exception de la frange sur mon front et de deux accroche-coeur bien enduits de savon sur chacune de mes joues. Et, bien sûr, mes gants noirs ; en ce temps-là, aucune dame qui se respectait ne serait sortie, même pour se rendre à l'épicerie, les mains découvertes.

Remplie de suffisance, je regardais mon image dans les vitrines des magasins avec une satisfaction émerveillée. J'étais une belle fille. *Hé, vous tous qui passez ! Regardez-moi un peu ! Savez-vous qui je suis ? Je suis une institutrice dans une école de Winnipeg, chargée de former la future génération de Canadiens ! Oui, oui, je suis une institutrice...*

Mon comportement était royal, ma démarche légère, ma tête haute... J'étais quelqu'un de bien spécial et je le savais.

Une fois arrivée à la boucherie, devant le comptoir de viande, j'ai d'abord simulé un intérêt quelconque pour les meilleures coupes étalées avec art dans de grands plateaux. J'eus soudain honte du maigre achat que j'allais effectuer. Le boucher qui m'observait attentivement s'attendait à un bon achat d'un cliente aussi bien vêtue. À n'en pas douter, il avait une bonne vente en perspective...

Je me rapprochai à petits pas de la vitre du comptoir pour indiquer un plateau contenant du beau *hamburger* rouge et bien frais.

— Je vais prendre pour cinq sous de cette viande.

La figure du boucher s'allongea et je lus une profonde déception dans ses yeux. Il semblait se demander comment une fille comme moi, si bien mise, pouvait n'acheter que pour cinq sous de viande. Il dut croire que je voulais faire une blague car il se figea net et me dévisagea quelques secondes.

Une femme tout près de moi me passa en revue avec un air de contrariété. Comme elle persistait à m'observer, je me sentis coupable. Je rougis et mon coeur se mit à battre à grands coups. Mal à l'aise, je sentis le besoin de présenter une excuse quelconque mais laquelle ? Je n'avais rien fait de mal.

Pendant ce temps, la main du boucher tournait au-dessus de la belle viande juteuse. Elle allait s'abattre quand j'entendis une voix tremblante qui semblait ne pas venir de moi :

— C'est pour mon chien, vous savez...

— Ouuuuuuu ! pour votre chien ! s'exclama-t-il fort joyeusement.

Le large sourire de satisfaction dont il m'enveloppa annonçait quelque chose de bon.

— Hé, j'ai la vraie bonne chose pour vous, Mademoiselle...

Il m'indiqua alors un plateau en émail blanc qui contenait une masse énorme de viande pâle, hachée gros, avec de rares taches rouges ici et là. Une vraie horreur !

— Je fais cette viande de tous les restes en y ajoutant beaucoup de gras et de suif. Alors, vous en aurez beaucoup plus pour votre cinq sous avec celle-là.

Au bord des larmes, je regardai la même main rondelette ramasser une grosse quantité de ce mélange dégoûtant, le jeter avec bruit sur le papier brun ciré, le mouler en boule et le placer sur la balance.

— Vous voyez, Mademoiselle, vous avez une demi-livre de plus que la mesure régulière, mais je vous la laisse pour le même prix.

Tout rayonnant, assuré de m'avoir causé une grande joie et confiant d'avoir gagné ma gratitude, il enveloppa le paquet et me le présenta.

— Voici, Mademoiselle, n'importe quel chien serait content d'un tel régal.

N'importe quel chien ! Mon oeil ! grognai-je intérieurement, sachant bien que ma mère et moi n'avions rien d'un chien. D'un air hypocrite, je souris très gentiment au boucher. Hypocrite oui, et orgueilleuse en plus... Je venais d'acquiescer pour signifier que moi aussi j'avais tout à gagner de l'abominable transaction.

Je repris tristement le chemin de la maison en évitant cette fois de contempler mon image dans les vitrines. Quelque chose venait d'arriver à mon amour-propre. Mon comportement était moins posé, ma démarche moins légère et ma tête moins haute. Je m'appliquais plutôt à tenir éloigné de moi ce gros paquet de pâtée sale et grasse... Une fois rendue à la maison et à la cuisine, je le tenais presque au bout de mon bras...

Quelle vaine et stupide créature étais-je ! Mais tous les reproches que je m'adressai ce jour-là n'égalèrent pas ceux que ma mère écossaise me jeta à la figure quand elle ouvrit le paquet pour apercevoir une viande aussi repoussante.

❖ ❖ ❖

Les trois jours suivants, chaque fois que nous nous attablâmes, ma mère et moi, elle s'appliqua à renouveler ma malheureuse aventure. Ce n'était pas ce qu'elle disait qui me chagrinait le plus mais ce dont elle avait l'air...

En avalant chaque bouchée de cette pâtée répugnante destinée à la gent canine, salée, poivrée et enduite d'oignons, elle me regardait dans un silence qui redisait sa déception et me reprochait ma trop grande fierté. Elle me reléguait presque au fond d'un chenil.

JEAN LAFONTANT

Jean Lafontant enseigne la sociologie au Collège universitaire de Saint-Boniface. Il a pour la littérature une affection de longue date. Car, contrairement aux sciences où la clarté, la logique et l'explicite sont de règle, la littérature arrive à dire l'indicible par magie.

Lady

On sonna. J'ouvris. C'était elle. Je la reconnus immédiatement, habillée comme je l'avais toujours imaginée, avec l'élégance désuète d'une vieille fille distinguée : robe de taffetas, broche d'or, voilette, cheveux en chignon, légèrement fardée. Elle sourit avec l'embarras d'une invitée qui, se trompant d'heure, arrive pendant les préparatifs. Je la fis entrer. Elle observa furtivement le vestibule, vaguement curieuse, sans vouloir le paraître, du détail des meubles : le secrétaire, un guéridon, la rampe ornée du vieil escalier qui menait à l'étage. Elle sourit encore comme une enfant triste.

Je la conduisis au salon. Bien qu'elle fût pour ainsi dire chez elle, elle attendit poliment l'invitation de s'asseoir. Avisant un siège, elle s'y installa.

Les mots ne venaient pas. Sa présence même me

laissait sans voix, comme un serf devant sa châtelaine. Au cours du silencieux entretien, je sentis qu'elle me fixait parfois. Son regard était tel, que je le subissais sans pouvoir le soutenir, encore moins y répondre. Elle le savait et paraissait presque s'en excuser, comme d'un don ancien ou d'un attribut de race dont elle était l'innocente bénéficiaire.

Quant à moi, les yeux baissés, j'observais ses fines mains blanches, calmes, dignes, appliquées sur le taffetas, aux longs ongles vernis d'un rouge trop vif. J'eus l'impression que son regard vaguait de la vieille lampe torse aux dessins du tapis, au titre d'un livre qui traînait... S'ennuyait-elle ou dissimulait-elle ses manières aristocratiques en imitant l'intérêt que portent les personnes communes aux récentes acquisitions d'un hôte ? Car, de toute évidence, elle savait tout, comprenait tout.

Elle eut bientôt le geste que depuis des mois je redoutais. Je le vis à son poignet gauche, qu'elle tourna discrètement vers elle. Elle se leva. Je n'en eus pas moi-même la force et tombai à ses genoux, en sanglotant. Paroles d'entrailles. Impuissantes. Comme le jappement d'un chien qu'on va abattre.

Elle s'immobilisa. Détourna légèrement la tête vers moi, sans me regarder, avec un air attendri et navré à la fois, comme pour me dire : « Mon pauvre ami, dans quel état vous mettez-vous là ! L'heure n'est pas aux cris mais à l'accomplissement ». Elle se dirigea vers l'escalier qu'elle gravit à pas lents.

Ô douleur, vive comme une lame meurtrière, brûlante et glacée comme un poison !

Mon enfant, levant les yeux pour la dernière fois, vit-il une Méduse ? un ange ? une princesse souriante ?

TAÏB SOUFI
(Moulay Taïb Asharif)

Papa, époux, poète, nouvelliste, philosophe, Taïb Soufi doit écrire comme doit manger, boire, dormir, aimer. Né en Algérie en 1941, il a fait des études à Lyon en France avant de venir s'établir au Canada avec sa famille. L'amoureux des prairies canadiennes et du ciel saharien enseigne au Collège universitaire de Saint-Boniface depuis 1972. Il dit souvent que son plus grand amour dans la vie, ce sont les enfants et l'étoile d'amour au sommet du firmament.

Le baiser papillon

Je suis à moitié endormi. Les images se succèdent et les émotions aussi. Ce n'est pas le rêve, ce n'est pas la veille, c'est l'entre-deux. Les souvenirs valsent avec les pensées. Les paysages défilent sans ordre, ni frontières, ni saisons ; sans jeunesse et sans âge. Les climats, les continents, les visages disparus ou lointains. Une vraie foire, un vrai bazar, une macédoine de peuples, de coutumes, de cultures, de religions et de philosophies jouent au manège dans ma tête.

Le temps est en train d'écrire l'histoire, les historiens la falsifient mais en vain. Il me faut trouver la route qui mène à cette histoire pour que mes enfants et mes petits-enfants n'aient pas à passer par les historiens pour retrouver le trajet qui mène à leurs racines et aux miennes. Mais comment ?

Il suffit de fermer les yeux. Oui ! il faut fermer les yeux ! Mais à des moments privilégiés et fugaces, comme lorsque pour la première fois, une jeune fille aux longs cheveux acajou, au corsage en dentelle immaculée, aux seins naissants, belle, vierge, pure, peureuse et imprudente vous dit de fermer les yeux pour vous donner un baiser.

Vous vous exécutez, votre sang s'enflamme, votre respiration s'arrête, puis votre souffle devient brûlant et retenu ; votre coeur bat la chamade, vos lèvres sont en feu, et puis, des mains petites, douces et délicates se posent sur les larges épaules de vos jeunes ans, et une rivière de cheveux vient couler autour de vous et vous couvre presque tout entier. Vous attendez dans cet état d'ivresse et de délicieuse panique, le premier baiser promis.

Les yeux sont fermés. Elle contemple votre visage pendant que vous attendez de cueillir ses lèvres douces, pendant que vous les imaginez s'ouvrir lentement comme les pétales d'une rose à sa première éclosion.

Vous attendez le baiser et, c'est sur la joue, qu'avec ses petits cils dorés et pointus qu'elle vous frôle puis vous caresse quand vous entendez soudain une voix cristalline, toute gonflée de printemps et de brise aquatique vous dire à l'oreille d'ouvrir vos yeux chéris. Vous vous demandez où est le baiser ? Son regard vous dit :

— Mais c'est cela notre premier baiser, c'est le baiser papillon !

J'ouvre les yeux de nouveau, le lac de la Tête d'Or resplendit d'azur, d'écume, d'or et d'émeraude. Notre barque est en plein milieu du lac. Là-bas au loin, l'ombre d'un saule pleureur nous attend. Nous rions de gêne, de plaisir, de bonheur ; insouciants de la distance et du mouvement des rames, indifférents au regard des amoureux qui passent.

Je rame seul vers le saule pleureur. Ses minces et longues branches de verdure traînent sur la rive et ondulent au caprice de l'eau du lac comme les cheveux épars de ma compagne décoiffée. Elle est assise au bout de la barque et s'amuse à lancer l'eau en l'air. Les gouttes retombent en diamants de lumière. Elle me sourit, nous sommes heureux.

L'immense grille en fer forgée de l'entrée du parc paraît soudainement plus illuminée que de coutume. Le soleil en fait luire les dorures. Je fais entrer ma compagne dans mon palais de rêves. Les images d'un vieux film en couleurs viennent ajouter à notre mélodie du bonheur. J'étais le héros de « Mangala la fille des Indes » sauf que j'étais en France.

Je me prends à bâtir les projets les plus fous, comme d'aller en Amérique ou au Canada, où, paraît-il, le racisme n'existe pas. Je me découvre une vocation : Je serai un incurable de l'espérance !

Une religieuse en noir et blanc passe à côté du saule pleureur au moment où nous sortons de la barque pour aller nous asseoir sur le banc vert. Ma compagne se cache. Elle a peur de l'uniforme blanc et noir. Elle y voit un mauvais présage.

J'avais, en ce dix-huit août, libéré ma compagne d'un hôpital et d'un couvent. Après que la religieuse eut disparue dans l'allée du parc, nous nous étreignîmes sur le banc vert, heureux et angoissés tout à la fois.

C'est alors que nous aperçûmes le temps, avec, dans la main, un livre relié en cuir rouge de Damas et une calligraphie arabe de Tlemcen. Pendant que le temps marchait nous ne pûmes résister à la tentation de le suivre. Le livre changeait de couleur à chacun de ses pas. Il était blanc et rouge puis vert, puis il prit la couleur des nuits étoilées d'Afrique ; puis il devint soudainement luisant comme un éclair, puis gris, et même menaçant comme la foudre en été, puis le livre du temps devint couleur catafalque.

Le temps était indifférent à notre présence. Nous aussi dans un certain sens et tant que les couleurs étaient celles qu'on aimait, nous nous aimions d'un air complice sur le dos du temps. Mais soudain le temps changea. Il n'avait plus le livre dans les mains. C'est lui-même cette fois-ci qui connut la métamorphose.

Il prenait tantôt le visage d'un vieillard à barbe blanche, tantôt le visage d'une vieille femme au regard tantôt dur tantôt triste à la bouche petite et édentée et aux merveilleuses lèvres ridées.

Le temps nous faisait peur avec ses métamorphoses. Soudain, il nous demanda de fermer les yeux. Nous obéîmes. Il nous prit les coudes et tout en nous faisant avancer, il nous faisait voir des enfants sur des balançoires, des bébés dans des berceaux, des rires cristallins de jeunes et des jeux à n'en plus finir ; puis des guerres de toutes les sortes, des guerres de couples, des guerres de clans de nations, avec toutes les sortes d'armes, des armes visibles et des armes invisibles. Tous les arsenaux y passaient : les armes bactériologiques, chimiques, linguistiques et bien d'autres encore...

Puis il alluma une chandelle.

La flamme laissa voir cette inscription à la base : *Candle of friendship*. Mais un vent soudain souffla sur la chandelle de l'amitié. J'ouvris les yeux, le temps et ma compagne, les enfants et les couleurs avaient disparu.

Un écureuil grisonnant, la queue en panache, saute sur les branches noires et blanches d'un chêne endormi. Le ciel est si bleu. Un seul petit nuage blanc est en marche, on dirait un homme bleu monté sur une chamelle blanche, un touareg sous le ciel saharien. Les arbres sont noirs et gris, les toits de toutes les maisons sont blancs. Le soleil resplendit au-dessus de la prairie. Je suis seul très seul dans ma chambre, à l'autre bout du monde, en Amérique.

Je regarde encore une fois de ma fenêtre le panorama grandiose d'un pays de rêves où les lacs se multiplient sans trêve, sans grille, en fer forgé, et où toutes les créatures de Manitou parlent de *friendly* Manitoba.

Sur ma table de chevet un document en noir et blanc est posé comme une déchirure. Je lus sur la couverture : *Cour du banc de la reine*. J'ai tout de suite pensé au banc vert du parc de la Tête d'Or. Mon regard se porte sur le miroir de la porte de l'armoire, je vois l'arbre géant de ma cour et l'écureuil gris à la queue en panache indécis au carrefour des branches. Mes cheveux ont la couleur de sa robe. Une lettre manuscrite signée *baiser papillon* est à la traîne sur le plancher. J'ai pensé à mon saule pleureur de Lyon agité par les vents.

Le temps disparu revint à mes côtés un nouveau livre à la main. Je revis alors les couleurs, les enfants et une vie nouvelle à l'aube d'une incurable espérance.

Dans la nuit dense et noire du ciel bleu clair des prairies, bien plus étincelante que la lune blanche valsant avec les vagues du lac Winnipeg et bien plus brillante que le soleil éclatant du point du jour, une étoile d'amour luit au sommet du firmament.

SYLVIANE LANTHIER

Directrice et rédactrice en chef du journal La Liberté
Sylviane Lanthier est mère de deux enfants.
Née à Saint-Jean-sur-Richelieu, au Québec,
elle habite Saint-Boniface depuis près de dix ans.

Winnipeg/Montréal/Winnipeg

Pas facile de déménager quand il faut traverser la moitié du pays pour arriver chez soi. Parlez-en à Dominique Therrien : elle a stoïquement surmonté trois semaines de péripéties avant d'avoir enfin le sentiment de reprendre le contrôle de la situation.

Il lui a d'abord fallu surveiller le travail de deux déménageurs embauchés pour mettre en boîte, en quelques jours, dix ans de vie domestique. Pendant que les deux gaillards vidaient la maison avec un savoir-faire qui ferait l'envie de cambrioleurs professionnels, il lui fallait aussi surveiller les jeux de Rémi et Mélanie, attirés comme des chatons par l'amoncellement de boîtes au salon et les armoires aux portes grandes ouvertes dans la cuisine. Il faut dire que les jouets commençaient à se faire rares dans la maison qui avait déjà été vidée de tout superflu. Dominique avait consacré des jours entiers à trier, parmi les possessions familiales, celles qui iraient au Québec et celles qui resteraient ici, données à des amis ou vendues à bas prix.

Le déménagement n'avait pas encore eu lieu qu'elle était au bord de l'épuisement. Et elle devait encore organiser le voyage de quatre jours qui les attendait. Préoccupée à l'idée de ne rien oublier, Dominique s'inquiétait aussi du confort des enfants. Les enfants... n'importe quel parent vous le confirmera : de leur humeur dépend l'allure que prendra une balade en voiture, qui peut aussi bien tourner à la fête que virer au cauchemar. Dans l'auto déjà remplie du nécessaire s'ajoutaient donc les accessoires qui feraient le bonheur des enfants : quelques jeux, des toutous, de la nourriture et des jus.

La moitié du pays traversée, les voilà enfin arrivés à La Prairie, contemplant leur nouveau chez-soi qui persiste à leur rester étranger. Ils n'ont pas encore obtenu les clés de la maison et apprennent en plus, à leur grand désespoir, que les déménageurs auront deux semaines de retard.

— Bienvenue chez nous, lance Richard Therrien avec ironie, dans une vaine tentative d'alléger l'atmosphère. Mais rien ne peut les soulager de la sensation de lourdeur qui s'est abattue sur eux en même temps que la chaleur humide d'un jour d'août sur la rive sud de Montréal. Résigné, Richard Therrien conduit son clan au McDonald le plus près. Laissant Dominique et ses enfants devant une crème glacée dégoulinante de sauce au chocolat, il part à la recherche de l'agent immobilier, dans l'espoir d'entrer en possession des clés de sa maison.

Pendant quinze jours, les nouveaux arrivés attendent et attendent... Sans meubles, sans lits, sans vaisselle, ayant pour seuls vêtements, ceux qu'ils ont apportés pour la traversée, ils camperont dans leur nouvelle demeure : une maison ultra-moderne au toit cathédrale, contenant d'immenses garde-robes, deux vastes salles de bains et une piscine hors terre dans la cour arrière. Tout le luxe d'une vie en banlieue que la petite et vieille maison de la rue Kitson, avec son terrain minuscule, n'a jamais offert aux Therrien.

La maison de la rue Kitson... Marie Lécuyer, leur amie et agente immobilière à Saint-Boniface, a du mal à la vendre. Les Therrien ont pourtant un besoin pressant de ce revenu. Aussi Dominique est-elle soulagée d'entendre la voix enjouée de Marie au bout du fil.

— J'ai de bonnes nouvelles pour toi : je crois bien que j'ai vendu la maison. À une famille de Gatineau, des Lapierre qui viennent d'arriver au Manitoba. Ils veulent une maison en bon état, pas trop cher et près d'une école française, pour leur petit garçon. Ils n'ont pas beaucoup de temps pour chercher un domicile et ils ont bien aimé le côté vieillot de ta maison, les boiseries, la hauteur des plafonds, le foyer. Je m'attends à avoir une offre dès ce soir. Je te rappellerai.

De ce flot de paroles, Dominique ne retient qu'une chose : le problème de la maison a de bonnes chances d'être réglé sous peu.

— Formidable ! répond-elle.

— Comment ça va à La Prairie ? demande Marie.

— Ça va. Les meubles sont finalement arrivés il y a deux jours. Après deux semaines de « camping sauvage » en ville, laisse-moi te dire que le retour à la vie civilisée a été bien accueilli. Mais les enfants s'ennuient ; je les comprends. Rémi dort mal et s'éveille la nuit. Mélanie est triste parce qu'elle a perdu son ours en peluche. Tu sais, le petit ours blanc ? On a cherché partout... pas moyen de le trouver.

— Je regarderai dans la maison : il est peut-être resté dans un coin.

— Bonne idée ! Tu sais comme Mélanie est attachée à cet ours. Mais elle peut aussi l'avoir égaré pendant le voyage en auto. Pour le reste, je suis certaine que les enfants vont s'y faire. Ils adorent déjà la piscine !

❖ ❖ ❖

Quelques jours plus tard, le huit août 1986, la maison de la rue Kitson change officiellement de propriétaire. Soulagée d'un fardeau et satisfaite des conditions de vente, Dominique Therrien éprouve toutefois un sentiment de nostalgie qui la ramène au moment où, en ce bel après-midi de juillet, elle a mis la clé à la porte de la maison pour la dernière fois.

Les enfants installés dans l'auto, elle avait contemplé avec regret cette maison qui lui avait toujours paru si pleine de défauts. Les pièces étaient si petites, les murs si mal isolés et la cuisine si peu adaptée à la vie moderne... Mais voilà que son coeur se serrait à l'idée de partir. On ne laisse pas si facilement dix ans de sa vie derrière soi, quand on n'en a que trente-six.

—Viens-t'en, maman, on t'attend, avait crié Mélanie.

Plus doucement, Richard lui avait demandé :

— Tu es prête ?

Dominique avait encore eu besoin d'un petit

moment. Au cours des jours qui avaient précédé leur départ, les Therrien avaient eu tout le temps voulu pour faire leurs adieux aux amis. Mais comment salue-t-on une ville qu'on a aimée et que l'on va quitter ? Comme souvent en été, Saint-Boniface ce jour-là vibrait sous un ciel d'un bleu absolu. Alors elle s'était rempli les yeux de cette lumière resplendissante ; elle avait contemplé ces grands ormes bordant la rue et qui savaient si bien accueillir le vent des plaines. Puis, elle avait lancé le signal du départ :

— Allez, on y va.

Destination : La Prairie.

❖ ❖ ❖

Ils ont tous la même réaction. Quand les Lapierre leur annoncent qu'ils s'apprêtent à partir pour Winnipeg, la famille et les amis émettent des commentaires quasi-identiques, comme s'ils s'étaient passé le mot.

— Hein ? Z'avez pas peur de vous ennuyer ? Paraît que les nuits sont longues à Winnipeg !

— Qu'allez-vous faire dans une ville qui n'a même pas une bonne équipe de hockey ?

— Hey ! Il fait régulièrement moins trente degrés Celsius là-bas en hiver

— Allez-vous pouvoir envoyer Frédéric à une école française ?

Carmen ne s'en fait pas. Toutes ces inquiétudes teintées de moqueries, elle les a éprouvées quand Yvan a dû accepter sa réaffectation à Winnipeg.

— Quand devrons-nous partir ? lui a-t-elle demandé.

— On a encore deux semaines.

Ils annoncent donc à Frédéric qu'il habitera une nouvelle maison, fréquentera une nouvelle école, se fera de nouveaux amis. Ils louent un camion et y rangent tous leurs biens avec le plus grand soin. Yvan au volant du camion, elle et Frédéric dans la Honda Accord, les Lapierre forment une petite caravane sur la transcanadienne, en direction de l'ouest.

Ils ont quitté la région d'Ottawa depuis des heures lorsqu'enfin ils abordent le paysage boisé qui résume le Nord de l'Ontario. De la route, par endroits, ils aperçoivent le magnifique spectacle qu'offre le lac Supérieur. Frédéric s'émerveille devant l'immensité de cette mer émeraude. La transcanadienne serpente au coeur d'une forêt sans fin, mêlant les courbes et les côtes sans jamais dévoiler l'horizon.

Puis un changement presque imperceptible.

La route qui s'aplanit.

Les arbres qui se raréfient.

La plaine qui se déploie dans toute son étendue.

— Est-ce qu'on arrive bientôt ? demande Frédéric.

❖ ❖ ❖

— Nous avons pris un retard terrible, raconte aujourd'hui Carmen à sa mère, au téléphone. La Honda a eu une panne au beau milieu d'un bois. Heureusement, nous étions près d'un village, dans le Nord ontarien mais le garagiste n'avait pas les pièces nécessaires pour réparer la voiture. On a dû attendre trois jours. Ensuite, un malheur n'arrivant jamais seul, on a eu une crevaison. Yvan s'est fait une luxation au dos en posant la roue de secours ; je ne sais toujours pas comment il a fait son compte, mais il a encore du mal à se tenir droit. Comme il n'était pas question de le laisser conduire dans cet état, j'ai pris le volant. Tu sais comme je suis douée pour la manipulation des transmissions manuelles ! La championne des moteurs calés ! L'exercice a donc été laborieux, mais j'y suis arrivée. On était content d'arriver à Winnipeg, mais il nous restait encore à dénicher une maison. Allez donc en trouver une dans une ville inconnue ! On s'est d'abord adressé à un conseil scolaire pour savoir où étaient situées les écoles françaises. La secrétaire nous a fourni le nom d'une agente immobilière qui travaille surtout dans les quartiers francophones. On l'a appelée et, trois jours plus tard, on avait notre maison ! Ce déménagement-là m'a tellement éreintée ! Je ne repartirai pas d'ici de sitôt !

❖ ❖ ❖

Dans la vie de Dominique Therrien, il y a eu la Gaspésie. Une enfance à collectionner les galets au bord du Saint-Laurent. Ensuite, quelques villes : Moncton et Ottawa pour les études, Toronto et Winnipeg pour le travail. Se déplacer pour vivre a toujours fait partie de ses habitudes.

À La Prairie, elle a retrouvé sous un jour différent le Saint-Laurent de son enfance. Les premiers mois, elle et les enfants se sont ennuyés de Saint-Boniface, puis, tranquillement, comme un vêtement neuf qui acquiert de la douceur avec le temps, ils ont peu à peu apprécié leur nouvel environnement. Bientôt, Rémi a cessé de se réveiller la nuit. Et même Mélanie, qui a si longtemps souffert de l'absence de son ours blanc... il est arrivé un moment où elle n'en a plus parlé.

❖ ❖ ❖

Des années plus tard, alors que Mélanie fréquente un cégep, elle demande à Dominique :

— Maman, tu penses encore à Winnipeg ?

— Parfois, répond Dominique.

— Au cégep, j'ai reçu des dépliants sur différentes universités canadiennes. Le Collège universitaire de Saint-Boniface offre des programmes qui m'intéressent. Maman, j'aimerais bien retourner à Saint-Boniface. Qu'est-ce que tu en dis ?

C'est ainsi que dans une vieille Toyota toute rouillée mais encore vaillante, Mélanie refait le trajet Montréal-Winnipeg. À Saint-Boniface, elle trouve un appartement à proximité du Collège universitaire et un emploi à temps partiel qui lui permettra d'arrondir les fins de mois. De caractère sociable, elle se fait aussitôt des amis auprès d'étudiants inscrits, comme elle, en traduction. De temps à autre, elle va rôder autour de la maison de la rue Kitson.

— Elle était beaucoup plus grande dans mes souvenirs, raconte-elle à sa mère au téléphone. La famille qui y habite maintenant a deux jeunes enfants.

Je me demande si les propriétaires actuels s'interrogent sur les gens qui ont habité la maison avant eux ? Se demandent-ils qui a posé le papier peint, rénové la salle de bains... Cette maison a vu tellement de gens vivre entre ses murs... Tu crois que les maisons retiennent quelque chose des gens qui les ont habitées ?

— Mélanie, tu lis trop de romans ! s'exclame Dominique en riant. T'es-tu déjà demandé combien de fois par année son ancien proprio a lavé ta Toyota ?

— Maman ! Tu ne peux pas comparer une maison à une vieille bagnole ! Tu le fais exprès. Tu vois très bien ce que je veux dire.

— C'est vrai... Tu sais ce que ton père a fait avant de quitter Saint-Boniface ? Il a gravé son nom au moyen d'un canif sur un des piliers de la maison. C'est bien normal, j'imagine, d'espérer qu'il restera quelque chose de nous là-bas...

❖ ❖ ❖

Mélanie se balade devant l'école Précieux-Sang où elle a complété sa maternelle et sa première année. Des fragments de souvenirs refont surface. Comme ces étés magnifiques, alors que sa famille allait camper dans le parc Whiteshell. Son père lui a déjà raconté comme elle aimait passer la nuit sous la tente, jouer sur la plage, sauter dans les vaguelettes du lac Falcon et construire avec Rémi des chemins de sable qui seraient anéantis le soir venu.

Elle aimait se glisser dans le sac de couchage, alors

que s'abattait l'effroyable noirceur de la forêt, et qu'elle sentait près d'elle la chaleur rassurante de sa mère et de son père. Une fois endormie, elle se blottissait contre l'un ou l'autre corps, son petit ours blanc au creux des bras. Et le matin, au déjeuner, il y avait un bol de céréales pour elle, un autre pour Rémi, et un tout petit bol pour l'ourson blanc.

Le petit ours blanc égaré... Il y a si longtemps qu'elle n'y a pas pensé. Que lui est-il arrivé ?

❖ ❖ ❖

À l'approche de Noël, les étudiants en traduction ont décidé d'organiser un souper communautaire. Avec son collègue, Frédéric, Mélanie doit acheter les petits cadeaux qui feront l'objet d'un tirage ce soir-là. Ils parcourent des boutiques à la recherche de babioles amusantes. Dans un magasin, Mélanie s'adresse à la vendeuse qui ne peut s'empêcher de lui demander d'où elle vient.

— *I grew up in Montreal, but I was born here,* répond Mélanie.

— Vraiment ? dit Frédéric, surpris. C'est une drôle de coïncidence ! Moi, je suis né là-bas, mais j'ai grandi ici. J'avais six ans quand mes parents ont quitté Gatineau.

— J'avais six ans quand mes parents ont quitté Saint-Boniface pour La Prairie !

Tous les deux pouffent de rire et Mélanie s'exclame :

— On peut bien étudier en traduction !

❖ ❖ ❖

Quand Frédéric a appris que Mélanie allait passer Noël loin de sa famille, il l'a invitée chez lui. Ce vingt-cinq décembre, une bouteille de vin dans un sac et une baguette sous le bras, Mélanie suit les indications de Frédéric et trouve sans mal la maison des Lapierre dans le quartier Norwood Flats. Les parents de Frédéric sont des gens charmants ; Mélanie se sent vite à l'aise.

— Vous savez que Mélanie est née ici, mentionne Frédéric une fois le repas terminé.

— Vraiment ? s'exclame Carmen Lapierre.

— Nous habitions la rue Kitson, dit Mélanie.

— Nous aussi, on a eu une maison, là ! ajoute Frédéric.

— C'était le 248...

— Mais c'est incroyable ! Nous aussi, c'est là qu'on habitait !

— C'est donc vous qui avez acheté notre maison ? demande Mélanie.

Pendant un court instant, ils restent tous bouche bée, étourdis de surprise devant le hasard qui les réunit ce soir-là. Puis, pendant l'heure qui suit, Mélanie et les Lapierre, aussi intarrissables les uns que les autres, se lancent dans une énumération de souvenirs rattachés au 248 de la rue Kitson. Le fait d'avoir partagé la même maison tisse entre eux des liens d'une soudaine intimité.

— Je regrette de vous quitter mais le temps passe,

dit bientôt Mélanie. Il est tard, je dois partir. Merci beaucoup pour le souper... et surtout pour la conversation. Attendez que je raconte tout ça à mes parents !

Soudain, Carmen Lapierre s'élance dans l'escalier qui conduit au premier étage.

— Ne pars pas tout de suite, Mélanie. Attends... Je pense que j'ai quelque chose pour toi...

Elle revient bientôt, tenant un petit paquet emballé dans un papier de soie. Elle le tend à Mélanie en disant :

— Je l'ai trouvé au fond d'un placard quand nous avons quitté la maison. Toutes ces années-là, personne n'y a touché et il est resté là. Je ne sais pas pourquoi, je l'ai apporté en partant de la rue Kitson. Ouvre vite et dis-moi si ça te dit quelque chose.

Mélanie s'empresse d'ouvrir le paquet et, les larmes aux yeux, s'écrie :

— Mais... c'est mon petit ours blanc !

Table des nouvelles

Composition chez Jocelyne Laxson
Imprimerie chez Hignell